箱《はこ》庭《にわ》スイートドロップ

きたざわ尋《じん》子《こ》
ILLUSTRATION：高《たか》峰《みね》 顕《あきら》

箱庭スイートドロップ

LYNX ROMANCE

CONTENTS

箱庭スイート
ドロップ

送迎用の車で大きなゲートをくぐって敷地内に入ると、そこには小さな町があった。

ここで暮らす人間は約一万人。今日から僕はここの一員……一学生になる。

そう、ここは一応学校で、一万人のほとんどが学生なんだ。

学校法人型モデル地区「第一修習院《しゅうしゅういん》」は、開校からわずか十年の新しいタイプの組織で、一応は学校ということになってるけど、ようするに学生による自治体というか、町作りシミュレーションというか、まぁそんな感じ。学生以外でここにいるのは、講師や指導員、あと医者とか消防あたりの、プロの技量が必要な職業の人たちで、彼らは基本的に外からの通いだ。夜勤とかはもちろんあるけどね。それ以外のことはすべて在籍している学生たちが動かしてるらしい。商業施設とかも全部。

シミュレーションなんていうと、まるでゲームみたいだけど、動いてるお金は本物だし、院の運営や経営を本当に学生がやってるから、遊びじゃないんだ。

修習院っていうところは、小さな町とも言えるし、擬似《ぎじ》的な国とも言える。まぁ学校っていうのはそもそも疑似社会なんだけど、それをもっと大規模にした感じかな。

ここで結果——組織運営において有能さを発揮したり、店の経営で成功したりすれば、国の行政機関に特別な立場で入れたり、大企業に好待遇で迎えられたり……なんてこともある。すでに何人もそういう人は出てるし。だからここへの入学を果たす人は、わりと上昇志向が強い傾向にあるって聞いてる。もちろん全員じゃないけどね。

実際、僕はそれほど将来とか考えるわけじゃない。ただ学校から推薦されて、受けてみたら受かっちゃっただけだ。たぶんそういう人だっているはずだよね。自薦はともかく、他薦の場合は。

「本当に町だ……」

コンパクトな、小さな町。高い塀《へい》で囲われているけど、外出は自由に出来るから、そこまで閉鎖空間ってわけじゃないらしい。物々しい塀と防犯カメラ、それと厳重そうなゲートは、部外者の侵入を阻止《そし》するためで、院生たちを出さないためじゃないからだ。

ここは経営破綻《はたん》したゴルフ場の跡地で、敷地面積は百四十万平米《へいべい》あるらしい。けど、結構人が多いから広すぎるってこともないと思う。緑が多いのは、公園や運動場なんかを確保するために、建物を上に伸ばしてるおかげみたい。何十階って建物はないけど、十階建てくらいのは結構ある。

さすがに町並みはきれいだ。きっちり区画整理がされてて、建物も新しい。歩いている人はちらほら見かけるけど、そんなに多くない。みんな僕と同じくらいか、少し上なんだろうけど……ずっと大人っぽく見えるのは「仕事」をしているからなんだろうか。あと制服がないっていうのも学校っぽく思えない理由かも。

学院にいるのは十六歳から、上は二十四とか五くらいまでだけど、一応上限はないことになってる。普通の学校の「卒業」や「入学」の概念はなくて、出て行くときは大抵就職が決まって出て行く形だし、僕みたいに途中からってパターンも結構あるらしい。それでもやっぱり入れ替わりは三月と四月が多いみたいだけどね。

時期が選べるっていうのは嬉しかった。僕の場合、一年前から決まってた短期留学とホームステイにも行きたかったから、秋からにしてもらえたのはラッキーだったんだ。

外を眺《なが》めているうちに、車は大きな建物の前で停《と》まった。運転してくれていたのは法人の理事関係の人で、修習院と担当省庁とを繋《つな》ぐ役割の人らしい。

学校法人って形を取ってるけど、実際は国が進めたがってたモデル事業だからね。学校にしたのは、計画段階で男子のみってところに一部の団体とか人が嚙《か》みついたから、って話だ。学校なら男子校だって山ほどあるし、そのうち女子のみの学校も作るからとりあえず最初は男子で……って感じで押し通したとかなんとか。女子のみとか共学を作る気は絶対ないと思うけど、その気はありますよってのをアピールするために「第一」なんてつけたみたい。あざといよね。まぁでも、修習院の出身者が一般社会でどの程度役立つかもわからないうちに第二、第三は作れなかったわけだから、仕方ないかなとは思うけども。

係の人は事務的に僕を送り出して帰って行った。ここからは自分で行け、ってことらしい。

「うわあ……」

でっかい入り口は間口が三メートル以上あって、まるでホテルかなにかの入り口みたいだ。左右の壁というか柱には「院生会執行部」と「環境警備委員会」っていう看板がかかってる。

うん、ここで間違いない。

深呼吸してからビルに入ってみると、びっくりするほど広いロビーだった。吹き抜けで、天井まではたぶん普通の建物の三階分くらいはありそう。ぐるっと囲むような通路には何人もの院生たちが行き交ってた。

案内の人とかはいない。代わりにタッチパネル式の機械が何台か並んでて、用事がある人はこれで目的の部署に呼びかけるみたいだ。人員節約ってことかな。

「えーと……」

事前に言われてた通りに、環境警備委員会の事務室というところを呼び出す。ほかにも相談受付とか緊急用なんていうのもあった。

『はい、ガード事務室です』

「あの、今日からお世話になる小椋海琴《おぐらみこと》と申します」

『あーはい伺《うかが》ってます。では、右手のオフィスゲートにＩＤカードを通して、二階へどうぞ』

「わかりました」

あらかじめもらっていたカードを使って言われた通りにゲートをくぐったけど、初めてだったから少しドキドキした。仕組みは自動改札と変わりないのに。

で、階段を上った。エレベーターもあるけど、二階だから足で行く。事務室のプレートはすぐに見つかって、緊張しながらノックしようと思って手を握る。

ちょっと深呼吸。よし、行くぞ。

「こんにちはー……」

「ふーん、新人か。そういや今日も一人来るんだったな」

「うわぁぁっ……！」

いきなり真後ろで声がして、心臓が口から飛び出るかと思うくらいびっくりした。自分でも大げさだと思ったけど、緊張してたとこに不意打ち食らったんだから仕方ない。

思わず振り返って、またびっくりした。

見たことないほどの美人が僕を見下ろしてた。

ぽかんと口を開けて見つめてしまう。だって本当にきれいな顔してるんだ。テレビ見てたって、こんなきれいな顔、滅多《めった》にいないと思う。美人って言葉を男の人に使うのはどうかと思ったけど、実際そうなんだ。美人じゃなければ、麗人とかそんな域だよ。

男っぽさは全然なくて、女の人に見えなくもないような顔してる。猫みたいな目とか小さい顔とか、さらっさらの黒髪とか、なんだかもう造りものみたいだ。それになんだか、色っぽい？　いや、変な気持ちで言ってるんじゃなくて。

僕より背は高いけど、飛び抜けて長身っていうほどでもない気がする。たぶん、百七十五センチくらいかなぁ？　すらっとしてるというか、しなやかって感じの体型だ。ひょろひょろの僕とは確実に違う。

年齢も確実に僕よりも上だし、二十歳そこそこってことはないと思う。パンクっぽいファッションが似合ってるなぁ。そこまでガチガチじゃないからかな。

「いつまで見とれてんだよ」

「あっ、す……すみませんっ」

自分でそれ言っちゃうかな、って思ったけど、ナチュラルすぎて違和感なかった。あと口が悪そうでびっくりした。

「確か……小椋海琴だったっけ？」

「は、はいっ」

「ついてこい」

美人の先輩の後から事務室に入る。僕がさっき大声を上げたせいか、なにごとかって感じで部屋のなかから人が様子を見に来てて、いつの間にかドアが開いてた。

「おかえりなさい」

「お疲れさまでーす」

みんな口々に美人の先輩に向かって言って、なかには立ち上がって頭を下げてる人もいる。何者なんだろう？　とりあえず慕われてる……違う、敬《うやま》われてる感じ？

美人先輩は堂々としてて、立ち姿もきれいだ。美しいって感想が自然と出てくることって滅多にないよね。

「委員長、二時からの会議、あっちの都合で十五分押しになりました」

「チッ……ざけんな、あのクソ野郎」

「え、委員長っ？」

僕の素《す》っ頓狂《とんきょう》な声が広い部屋に響く。事務室には十人くらいいるけど、しーんとしちゃって誰もしゃべらなくなった。

美人な委員長さんは、僕を振り返ってふんと鼻を鳴らした。

「自己紹介がまだだったな。俺は安佐間薫《あさまかおる》。環境警備委員会の委員長をしてる」

それってつまり、僕の上司……。

そう、院では基本的にみんな「仕事」をすることになっていて、僕が配属されたのがここなわけだ。

「……よ、よろしくお願いします」

「写真より可愛いですね、この子！」

「細っこいねー」

わらわらと先輩たちが寄ってきた。委員長――安佐間さんは自分のデスクに向かっていて、僕に近くのキャスター付きの椅子を指し示す。座れってことだ。

事務室のなかに委員長の席もあるのか。てっきり別室かと思ってたけど、考えてみればここって学校だった。そんな社長室みたいなことはしないよね。

「おまえが座ってるあたりは、一応秘書課ってことになってる。おまえ、今日からそこな。役目はいろいろだ。当面は雑用係だと思ってろ」

「はい」

「早めにタイムスケジュール表、提出しとけ。細かいことはそこにいるやつに訊《き》け」

示された先には体格のいい人がいた。いかにもなにかスポーツをやってそうな感じで、温和というか柔和《にゅうわ》というか、気は優しくて力持ちってのを体現したような人だ。

「武藤《むとう》勲《いさお》だよ。一応ここの副委員長なんだけど、実態はその人のフォロー専門だから」

「おい」

「いやー事実でしょ。普通ね、いくらガードの委員長ったって、トップってのはさ、組織の顔じゃない？　いろんな決定とか采配《さいはい》とか、やることいっぱいあるわけ。なのにこの人は自ら現場に出て、積極的に荒事《あらごと》に参加しちゃうから、俺も大変なの」

彼——武藤さんがさらりと言った「ガード」というのは、環境警備委員会の通称だけど、正式に認められているわけじゃなくて、院生のあいだで使われている愛称みたいなものだ。ここに来る前に係の人からそう聞いてる。本当の名称が「長い」とか「『環警』は音の響きとして会話に出たときわかりにくい」とか「英語化して頭文字を取っても微妙」っていうことで、「ガードでいいじゃん」ということになったらしい。ちなみにガードに所属している者は「ガーダー（番人）」って呼ばれてる。

僕もそうなるのかな？　実感ないけど……それより、気になったことがあった。

「あのー、荒事っていうのは……」

「主にケンカの仲裁《ちゅうさい》だね。二日に一回くらいだけど」

一日置きって、十分多い気がする。ここにいるのは選ばれて入って来る学生たちのはずなのに、なんでそんなにしょっちゅうケンカなんて起きんの？　っていうか仲裁とか無理なんだけど。生まれてこの方、そういう荒っぽいこととは無縁に生きて来たんだよ。年の近い兄弟でもいれば違ったんだろうけど、うちは姉二人だし。

「……ガードって、ようするに警察的なものですよね？」

「この部署はそうだね。でも環境警備だから、美観を保つほうとか、いろいろあるよ。あと隣人トラブルを解決したりとか。あ、でも君は事務職の予定だから大丈夫。格闘技とか武道とか得意じゃないでしょ？」

「はい。やったことないです。あ、体育の授業でちょっと柔道やってたくらいです」

「うん。いかにも現場に出すのは危なそうだね。ケンカはさ、だいたい夜なんだよ。酒が入ってる場合がほとんど」

　そうだった。院内は普通にお酒が飲めるんだよね。もちろん成人してる人だけだけど、在籍者の八割くらいが成人してるらしいから、需要は高いみたい。けどそんなに頻繁《ひんぱん》にトラブルが起きてるなら禁止しちゃえばいいのに。

「問題にならないんですか？」

「禁止するとガス抜きが出来なくなって、ますますストレスを溜め込んで、トラブルが増える……っていう過去の例があってね」

「どうせ密輸しやがるしな」

「そうそう。裏商売始めるやつも出てくる」

話を聞くとすべて実証ずみらしい。なんでも開校当初はアルコール禁止だったみたいで、委員長と副委員長が言ったようなことがあったそうだ。だったら公認にしてしまえ、ということになったんだって。喫煙も指定された場所と自室でのみＯＫ。外出も自由だし、門限はあるけどそれは文字通り入り口のゲートが閉まるっていうだけで、拘束するものじゃない。外泊するのにいちいち届けはいらないけど、所属先に連絡しないで休んだりしたらペナルティがある……って感じ。だから朝帰りは結構いるって聞いた。

一番近い繁華街まで三十分くらいはかかるけど、そこまで彼女に来てもらって週末過ごすとか、わりとよくあることらしい。連れ込めないからね。部外者が入ることに関しては、かなり厳しいから。基本、プライベートで部外者が入ることは不可能なんだ。

「ま、俺たちの役目は院内の治安と環境維持と思ってくれれば。君の仕事は書類作成とか、スケジュール管理だね」

「はい」

委員長はちょっと怖そうだけど、副委員長は優しそうだ。指導はきっとこの人がしてくれるんだろうな。

それにしても思ったより人が少ない。講義でも受けてるのかな。

一応ここは学校だから、実践プログラムのほかに講義も受けなきゃいけない。大学相当の教育にプラスして、それぞれの仕事ぶりで単位が取得できる。ここを出ると、かなりいい大学出たのと同じくらいの評価がもらえるっていうのはポイント高いよね。それと仕事でもらえるのは単位だけじゃなくて、給料もなんだ。そこから税収っていう形で学費が引かれるっていうシステム。そのおかげで、高い学費は出せないけど意欲はあるって人が結構いるみたい。

「ま、定期的に『事件』は起きるから、そのつもりでな」

「定期的……？」

「プログラムの一環だよ。対処能力をはかるためにランダムに事件が仕掛けられるんだ。さすがにケンカは、プログラムじゃなく酒とストレスのせいだと思うけどね」

ふるいにかけられて入学している院生たちだから、基本的にはさほど問題は起こらない。でもそれだと院生たちが経験を積めないっていうことで、仕掛け人が学生に混じっていることもあるらしい。もちろん誰だかはわからないし、公式には認めてないから、暗黙の了解……というか、都市伝説みたいなノリでしかないみたいだ。

「実際どうなんですか？　仕掛け人っているんですか？」

「いるだろうな。もしかしたら、おまえかもしれねぇし？」

安佐間さんはいい笑顔なのに、目が笑ってない。え、本当に疑われてる？

「ないです、ないです！　普通の院生ですっ」

「見りゃわかる。間違いなく、仕掛け人には向いてないな」

「で……ですよね」

けらけら笑い出した安佐間さんを見てほっとした。つまり僕をからかったってことなんだろうけど、別に腹は立たない。睨《にら》まれたり罵倒《ばとう》されたりするよりもずっといいよ。

それに笑うと安佐間さんって、すごく親しみやすい雰囲気になるし。

「よし、時間だな。行くか。新人に資料持たせろ」

「えーいきなり小椋くん連れてくんですか？」

「顔見せにちょうどいいだろ」

「そうですね。お使いに行ってもらうときにも、楽だし」

ホッチキスで留められた資料を、武藤さんがはいっと渡してきた。とっさに受け取ったけど、会議ってなに？　いや、会議はわかる。問題はなんで十分前に来たばっかりの僕が出席するのかってことだよ。大丈夫なの？

不安が顔に出てたらしい。武藤さんがにこっと笑って頷《うなず》いた。

「基本的に委員長の横にいればいいから。今日は俺も行くし」

「あの、秘書みたいな人は、何人いるんですか？」

「専門なのは、たぶん君一人になるんじゃないかな。現場と兼任が多いからさ。俺も基本的には現場なんだ。ローテーションでここに詰めてる」

「ああ……」

思わず納得した。武藤さんだったらケンカの仲裁だって簡単に出来そうだ。体格的にも性格的にも向いてそう。

「行くっつってんだろうが。早く来い、ノロマ」

「あ、はいっ」

慌《あわ》てて追いかける僕の後から武藤さんがゆっくりついてくる。安佐間さんは歩くのが速くて、そのくせどこか優雅な感じがした。

出向いた先は、ガードが入ってる南棟《とう》と、執行部が入ってる北棟を繋ぐ中央棟で、三階の一角に会議室があった。ビルに入ったとき、天井の高さに驚いたことを思い出す。会議室のあたりは、たぶんロビーの真上あたりだ。

執行部っていうのは、一般社会で言うとこの議会と政府と、ガードが管轄《かんかつ》してる以外の省庁とか役所関係が含まれてるからだ。

安佐間さんがノックもしないでドアを開けると、なかには二人いた。

「ギリギリだな」

低くて艶《つや》のある声がしたから思わずそっちを見たら、とんでもなく強烈な印象を放つ男の人が座ってた。

「そっちの都合にあわせてやったんだ。感謝しろ。で、十五分押しの理由は？」

挨拶《あいさつ》もなにもあったものじゃなかった。けど驚いてるのは僕だけで、ほかの人たちは平然としてる。

これが通常運転ってことか。

「急に理事から連絡が来た。文句はそっちに言ってくれ」

答えた人はなんとなく偉そうな感じがするから、たぶん彼が代表なんだろう。イケメンなんて安っぽい言葉には到底当てはまらない、美形というか美男というか、とにかく男らしい美貌《びぼう》がまぶしい人だ。ハンサムもなんかちょっと違うような気がする。委員長みたいに美人系じゃなくて、男っぽいんだけどむさ苦しさゼロでワイルド系ってほどでもなくて、キリッとしてて、切れ長の目はすごく鋭い。隙《すき》がないって言うのかな。座ってても背が高いのはわかるし、軟弱な感じはまったくしない。マッチョじゃないだろうけど、しっかり筋肉ついてそう。年はどれくらいかな。安佐間さんと同じくらいのような気がする。あ、そもそも安佐間さんの年知らないや。

ぼうっと見つめてた僕は、委員長の舌打ちではっと我に返った。

「さっさと始めよう。予定より短いんだし？」

「いや、でもその前に新顔くんを紹介してくれないかな？」

口を開いたのはこの場で一番年かさだろうな、って思う人だった。

「今日からうちに入った小椋海琴くんだよ。年は……十八だっけ？　今年高校卒業したんだよな」

「はい。初めまして。よろしくお願いします」

「よろしく。俺は執行部の副代表で、根岸克《ねぎしかつみ》っていうんだ。こっちの目つき悪いのが代表の津路《つじ》。津路晃雅《こうが》ね」

目つき悪いって……そんなでもないと思うけど、とりあえず黙って頭だけ下げた。津路代表は安佐間さんを冷ややかに見てて、僕なんて眼中にないらしい。安佐間さんは好戦的な目してるし。

武藤さんがぽんっと僕の肩を叩いた。

「内勤だから、顔をあわせることも多くなると思うけど、いじめないでくれよ」

ぎょっとしてしまった。どういうこと？ 執行部の人たちって、新人をいじめる癖《くせ》みたいなものがあるの？

挙動不審《きょどうふしん》になってると、さっき僕の紹介を求めた人が苦笑した。

「人聞きの悪いことを言わないでよ。仲悪いのはトップ同士と一部で、ほかは普通でしょ。そっちこそ、なにも知らない子にあることないこと吹き込まないでね」

和《なご》やかに言ってるわりに、ちょっと空気がひんやりっていうか、あれ……もしかして執行部とガードって、そんなに仲よくないの？

おろおろしてると、武藤さんに座るように言われた。そこへもう一人、今日の議題の担当って人が入って来て、会議が始まった。

執行部は院生たちの声を拾って、定期的に院内の規則とか設備とかの改善をしてるらしい。ガードからは、治安とか取り締まりに関する問題点を提示するみたいだ。手元の資料にそう書いてある。

「ここんとこ、ケンカの件数が増えてる。まぁ増えてるって言っても、三日に一件だったのが二日に一件になったくらいのもんだけど。ただそれと比例して、酔っ払った状態での抱きつきとか連れ込み未遂みたいなのも増えた。水面下じゃ、もっと多いかもな」

安佐間さんが真面目《まじめ》だ。いや、不真面目だって思ってたわけじゃないんだけどね。まだそういう判断できるほどこの人のこと知らないし。

なんて考えてたせいか、初会議の緊張のせいか、僕は安佐間さんが挙げたことをあんまりよく聞いていなかった。

それからいくつか報告があって、なかには密輸？　の問題もあった。非正規に商品が流通するのは、院内で店をやってる人にとって迷惑なんだけど、店では取り扱わないものもあるから、その部分では目をつむるとかなんとか。

具体的なことはよくわからなかった。だって僕はまだ、院内の店にも行ったことがない。ガードに直行して、そのまま会議に参加させられちゃってるんだから。あ、違う。参加はしてない。ただ座ってるだけだ。

「さすがに要望は出てこないか」

津路代表ってすごくいい声で、聞き惚《ほ》れそうになる。資料をめくって読もうとしたら、なんか視線を感じて顔を上げた。

一瞬だけ代表と目があった。ほんとに、瞬《まばた》きするくらい一瞬だった。会議机挟《はさ》んで三人しか座ってないから、頭数に入ってない僕のほうだって見たりはするよね。

「ま、言い出せないよなぁ。コンドーム置いてくれ、なんてな」

「へ？」

隣からあり得ない単語が聞こえた。あれ、いま真面目に会議してるんだよね？　それに、そういうのって話に出るの恥ずかしい。猥談《わいだん》とか苦手なんだ。

挙動不審だったのか、何人かに笑われた。たぶん武藤さんと、代表を除く執行部の二人だ。っていうか、さっきまでケンカとかそういう話をしてたのに、いつの間にか販売とか密輸とかの話題に変わってた。

「もしかして下ネタ苦手系？　コンドームなんて、下ネタにも入らないと思うけどな」

武藤さんの言葉に、安佐間さんはニヤニヤ笑ってる。なんだかまたネタを与えてしまったらしい。この人、絶対いじめっ子体質だ。

「なんですか、よしって」

「よし、期待を裏切らないな」

「……あんまり得意じゃないです」

思わずジト目で武藤さんを見てしまう。

「いや、君だったらガードのマスコットになれるかなって。うちはね、どうも鞭《むち》ばっかりで飴《あめ》が足りなかったから。ほら、ビジュアル的にはいけそうなのに、トップからして鞭しかない人だから」

「はぁ……」

「なに、ガードはその子をマスコットにでもするつもりなの？」

根岸副代表が興味深そうに加わってくる。津路代表は資料を見ていて脱線した話なんてどうでもよさそうだし、もう一人は無言だけど興味津々《しんしん》って感じだ。

「ソフトなイメージも出していこうかな、っと。ね？　委員長」

「怖がられてナンボだろ、俺たちは」

「いやいや、怖がられるのはいいけど、嫌われるのはダメでしょ。査定に響きますよ」

「どうでもいい。それくらいじゃ響かねぇよ」

ふんって鼻を鳴らすのも、なんだか妙に似合ってる。それにしても安佐間さんって、本当に気にしてないんだろうか。査定っていう言い方してるけど、ようするに成績ってことだ。僕たちは一応学生だからそれぞれ講義は受けてるし、そっちで成績とか単位もつくけど、メインは普段の仕事だ。組織のトップともなると、院生たちからの評判も成績に加味されるものなのかな。もちろんその座に就《つ》いたってだけで、相当の高評価ってことだけど。

なにしろ一万人の院生たちのなかで、組織のトップになれるのは同時期に三人だけなんだ。この場にいる二人のほかに、経済総会議所っていうのがあって、商業部門を総括する部署のトップがいる。一般社会でいうと執行部とガードが公的組織になって、経済総会議所は民間組織ってことになる。でも人数が一番多いのは後者なんだ。

「進めろ」

脱線した話を戻したのは津路代表で、それからはさくさくと話しあいが進んだ。で、一時間もしないうちに会議は終了、解散ってなった。

終わった途端《とたん》、津路代表は部屋のなかにあるドアから出て行っちゃったし、安佐間さんももう用はないって言わんばかりに廊下へ繋がるドアから出て行く。

とりあえず僕は執行部の二人に頭だけ下げておいた。

「じゃ、自分はこのままシフトに入るんで」

武藤さんはどっかの見まわりに行ってしまった。心なしか足取りが軽いというか、うきうきした感じだった。会議とか事務仕事より、身体《からだ》動かすほうが好きなんだろうなってよくわかる後ろ姿だ。やっぱりガードはそういう人が多いみたい。

ぼんやりそれを見つめてたら、安佐間さんに小突《こづ》かれた。

「行くぞ」

「あ、はい」

北棟にいると、やたらとじろじろ見られて落ち着かない。なかには逃げるようにして立ち去る人もいる。きっと安佐間さんが怖いんだろうな。

「あのー」

「なんだ」

「さっきの会議ですけど、ああいうのっていつもトップ同士でやるんですか？」

もっと下っ端《ぱ》でもいいんじゃないかなーと思って訊いたら、前はそうだったって言われた。

「あの野郎が直接俺に話しに来いって言い出して、今年の頭からそうなったんだよ。ナニサマだ、クソがっ」

「今年の頭？」

「あいつが代表になった時期ってことだ。ちなみに俺は今年で三年目。歴代最年少で委員長になった。ま、たかが十年の歴史じゃ自慢にもならないけどな」

「いやでもすごいです。で、委員長は何歳なんですか？」

「二十三。ついでに教えとくと、武藤はあれでまだ二十一だぞ」

「えっ」

「もっと驚け。津路の野郎は二十歳だ」

「えええええっ！」

ここ一番の大声が出た。いやいや、だってあれ……えええ？　大人っぽいにもほどがあるっていうか、ぶっちゃけ老《ふ》けてるっていうか、二十三、四歳かなって思ってたのは二十五歳以上の院生がほとんどいないからであって、普通に見たら二十代後半にしか見えないんだけど。

僕の大声のせいで、そこらへんにいた人たちが一斉にこっちを見て恥ずかしかった。

「ジジくせぇよな、あいつ」

「え、あ……いや、せめて老成してるって言いましょうよ」

「お、よくそんな言葉知ってるな、バカっぽいのに」

「バカっぽいは余計です」

緊張感のない顔だとか、ぽやぽやしているとかよく言われるけど、実際はそんなことないんだからな。成績だって結構いいし。

「まぁバカじゃないのは知ってるけどな。いいんじゃねぇの、相手に警戒心抱《いだ》かせないところは使えるだろ。ところでおまえ、なんでガードを希望したんだ？」

「してないです」

「ああ、割り振られたクチか。まぁそうだよな。おまえみたいのが、自分からうちに入りたがるとは思えないし」

「大抵の人は希望なんですか？」

「脳筋のやつらはだいたいうちに来るな。あとは刑事に憧《あこが》れてとか、警察ごっこしたいとかってやつらもいるぞ」

そんな理由って……いや、ありなのかも。僕みたいに、なんのビジョンもなくここに来るよりはずっといいのかもしれない。

それから安佐間さんは、僕の同僚や先輩になる人の話をしてくれて、話してるあいだに事務室に戻って来た。

南棟と北棟って、一応繋がってる建物なのに、行き来できるのは一階のロビーと地下の食堂と、二階の吹き抜けのところにある通路だけなんだよね。不便なのはたぶんわざとなんだろうな。理由はよくわかんないけど、一応別組織だから分けた……みたいな感じかなぁ。

「早く仕事覚えろよ」

「はい」

安佐間さんはまわってきた書類——調書みたいなものに目を通してる。戻ったらデスクの上に置いてあったみたいだ。

事務室にいた人が代わる代わる仕事を教えてくれて、あっという間に終業時間になった。内勤は基本的に定時で終わるんだって。あとは交代で夜勤みたいのはあるらしい。ようするに一一〇番みたいなもののコールに応じるためだ。

今日は半日だったし、大したことしてないはずなのに、初日だからか相当疲れてしまった。なんかもうぐったり。

「お疲れさまでしたー」

「また明日ね」

当番の人を残してみんなぞろぞろ帰ってく。安佐間さんは気がつくといなくて、素早さにびっくりした。

帰るって言っても、ガードの人たちはみんなビルの上層階にある寮に住んでるんだって。ちなみに執行部の人たちも同じように北棟の上層階が寮だ。でもいったん一階に下りてから、ゲートを出て別のエレベーターに乗らなきゃいけない。

僕に与えられたのは、六階のワンルームだ。階数はキャリアとか年齢は関係なくて、空いてるところにランダムに割り当てられる。一度決まったら、だいたい最後まで動かないことが多いそうだけど、例外は上のほうの役職に就いたとき。トップとか副とか、上のほうの役職に就いた人たちは最上階のちょっと広い部屋をもらえるらしい。

ドキドキしながら自分の部屋に行くと、ドアの横に「小椋海琴」っていうプレートがあった。ドアロックは暗証番号で、これは事前に教えられてる。

部屋は思ったより広くて、すっきりしてる。だいたい八畳くらいかな。ベッド以外はほとんど作り付けだ。クローゼットもだし、机もそう。ご飯食べるところはキッチンカウンターになるらしい、あとは椅子。もちろんバストイレ付きだ。コンロはIHで、二口《ふたくち》式。うん、これもう寮っていうよりマンションだ。

家賃は給料からの天引きなんだよね。光熱費は込みって話だけど、学費と家賃引かれると手取りってそんなにない。そうは言っても、豪遊しなきゃ十分だ。たぶん一日三回外食しても、やっていけるんじゃないかな。院生経営のレストランとかはともかく、このビルに入ってる食堂は、学食とか社食並みの値段だって聞いてるし。あとスーパーもコンビニもあるから、生活にはこと欠かない……って、町みたいになってるんだから当然だけど。

送っておいた荷物がクローゼットの前に積んであって、これを荷ほどきするのかと思うと溜め息が出てきた。

「とりあえず……お腹減った……」

地下の食堂に行こう。で、帰りに同じフロアにあるらしいコンビニで、明日のパンと飲みものを買おうかな。

荷ほどきは後まわしにして、地下へ向かう。エレベーターで乗り合わせた人に、じろじろ見られたけど気付いてない振りをした。見かけない顔だな、くらいに思われてるんだろうな。

食事の時間にはまだちょっと早いかなと思ってたけど、意外と人がいっぱいいた。食堂というか、カフェテリアって言ったほうがいいような、おしゃれ空間だ。長いテーブルが並んでるのかと思ってたのに、普通に四人がけとか二人がけとかのテーブルが並んでて、一人用のカウンター席も充実してる。パソコン開いてる人もいた。

一人席、大人気だ。全然空いてない。しょうがないから、二人がけのとこに席を確保して、ご飯を買いに行く。食券を買って、ちょっと待ってると番号を呼んでくれるスタイル。今日はチキン南蛮《なんばん》定食にした。

「おー、海琴ちゃん。いまからご飯？」

いきなり名前を呼ばれて——しかも下の名前にちゃん付けまでされて、かなりびっくりした。事務室にいた先輩だ。

「え、もしかして新人くん？」

「そうそう」

一緒にいた何人かの先輩たちも全員ガードの人らしい。六人がけのテーブルに五人で座ってた。わりと大所帯。次々紹介されて、なんとか顔と名前を頭に入れる。人の顔とか名前を覚えるのは得意なんだ。数少ない特技だったりする。

初対面の四人の先輩は外まわりというか、現場というか、ようするに実働部隊らしくて、事務室に来ることは滅多にないらしい。

「一人？」

「あ、はい」

「じゃあこっちおいでよ。一緒に食べようぜ」

一つ空いている席を示されたので、お言葉に甘えることにした。断る理由もないし、新人としてはやっぱり先輩の厚意は受けておいたほうがいいだろうし、一人で食べるよりは大勢のほうがいいに決まってる。

「おじゃましまーす」

「お、チキン南蛮か。ここのタルタルソース美味《うま》いんだよ」

「そうなんですか？　楽しみです」

「タルタルだけ別売りしてるんだぜ。俺は頼むとき、いつもトッピングしてる」

「甘いもの好き？」

「はい」

「じゃ今日はお近付きの印にデザート奢《おご》ったげるよ」

「じゃ俺はドリンク。なにがいい？」

やたらと親切な先輩たちにたじろいだ。ガードって、もっと厳《いか》ついイメージだったんだけど、意外とアットホーム？

もぐもぐ食べながら、先輩たちの質問に答えているうちに、食事が終わった。先輩たちは本当にデザートとジュースを奢ってくれた。

「いやー、きれいどころが入ってくれて超ラッキーだよな」

「きれいっていうか、可愛い系？」

……うん、昔からよく言われてた。女顔だとは思ってないけど、お祖母《ばあ》ちゃんの若い頃によく似てるって言われてきたし、身長もそんなに高いほうじゃない。低くもないけどね。顔は童顔なほうなんだろうなぁ。

女の子とか年上のお姉さんとかにも、よく可愛い可愛い言われてきた。たまに男からも言われるから、いまさらショックとか特別な感情は湧《わ》かない。

とはいえ対応に困るのは確かだから、そういう部分は隠さずに笑顔を見せた。

「委員長が気に入ったっぽくてさ」

「マジか」

「すげぇビジュアルじゃん。目の保養のツーショットじゃん」

「うちの委員長、黙ってりゃ超絶美人だからなぁ」

「中身あれだけどな」

なんでも安佐間さんは、あの細身でかなりの武闘派らしい。しかも積極的に首を突っ込んでいくタイプだそうだ。簡単に言うと「ケンカ大好き」ってことだ。

「海琴くんは、そういうのダメなんだ？」

「はい」

「いいなぁ、うん」

「今日来たばっかりなんだっけ？」

「そうです。直接事務室に行ったので、ついさっき初めて部屋に入りました」

「部屋、どこ？」

「六階です」

「お、一緒じゃん。片付け終わってんの？」

「まだ全然」

荷ほどきのことを考えると憂鬱《ゆううつ》だ。とりあえずシーツを出して寝場所を確保して、明日の朝までの必要なやつだけ出そうかな。

「じゃ手伝ってやるよ。メアドと番号教えて」

「俺も俺も」

なんだかみんなテンション高い。おかげで初対面の僕でも和気藹々《わきあいあい》と話が出来てる。みんなで番号とアドレスの交換をしたら、隣に座ってた先輩が、急に肩に手をまわしてきた。

なんだろうって思う間もなくほかの四人の先輩が騒ぎだして、周囲の目が気になる……。

「よかったら案内するよ」

「オススメの店とかさ」

「ところで海琴くんは、男同士ってあり？」

「はい？」

「てめぇら早速ナンパか」

突然降ってきた声に、僕を含めた全員が一斉に目をやった。いつの間に来たのか、そこには安佐間さんが仁王《におう》立ちになっていた。

これだけ目立つ人なのに、なんで誰も気付かなかったんだろう。もしかして気配とか消せちゃうんだろうか？

先輩たちがあたふたし始めて、僕の肩からも手が離れていた。

「身内から犯罪者を出すつもりはねぇからな。やりそうなやつは、その時点でもぐぞ」

なにを、なんて訊くつもりはない。だって安佐間さん、いい笑顔でボキッて感じのジェスチャーしたもん。そしたら先輩たち、顔引きつらせて股間押さえてたし……さすがにわかったよ。

それにしても安佐間さん、どうしてここに？　いや、食堂なんだからご飯食べに来たんだろうけど、さっき急いで帰ったのはなんだったんだろう？

「おまえに言い忘れてたことがあって、戻って来た。食堂にいるって情報も入ったし」

「情報って……」

パッと見せられたのはスマートフォンの画面。そこには六人でテーブルを囲んでいる写真が映《うつ》し出されていた。いつの間に……。っていうか、いつ誰が撮《と》ったんだろう。全然気付かなかったよ。そんなに遠くからじゃなさそうなのに。

「で、本題だ。おまえさ、尻に気をつけろよ。狙《ねら》われてるから」

「し……尻っ？」

「さっきの議題にも上がってたろ？　なんで男しかいないのにコンドームが必要だと思う？　つまりそういうことだ。外へ行くのが面倒な連中が仮性ホモ化しやがってんだよ。つーか、どっちかってーと仮性バイか？　ま、どっちでもいいか」

安佐間さんが説明してるうちに、食堂がしーんとなってた。二百人くらいは収容できそうなところに、いまは半分もいないとはいえ、かなりいたたまれない。

でも話の内容としてはそれほど衝撃的でもなかった。そういうものか、と思った程度だった。

「自覚しろ。おまえは狙われやすい。おとなしそうで可愛い系で、サイズも手頃だ。さっきも言ったが仮性だからな、本物のゲイが好むタイプとは違うんだよ。男同士でも見た目に抵抗ないおまえみたいのが一番ヤバい」

「じゃあ安佐間委員長も？」

なにも考えないで質問したら、周囲がどよめいた。勇者だ、なんていう声も聞こえて、もしかしてまずかったかなと冷や汗が出た。

けど、安佐間さんは鼻を鳴らしただけだった。

「あちこちでオカズにはなってるんじゃねぇの？　実際に手を出そうなんていう猛者《もさ》は、もういなくなったらしいけどな」

なるほど。たぶん彼がここへ来た当初はすごかったんだろうな。で、きっとそれをことごとく蹴散らしてきたんだろう。しかもいまはガードのトップっていう立場もあるから、もうなにもされなくなったわけか。

「わかりました。気をつけます」

「施錠はしっかりやれ。むやみに人を部屋に入れるな、逆に人の部屋へも行くな」

「はい」

「ま、俺の補佐に無茶しやがるバカは、少なくともガードにはいないだろうけどな。よその連中は知らん」

釘を刺された形になった先輩たちは、顔を見あわせてから、おずおずと挙手をした。

「なんだ」

「口説くのはありですか？」

「正攻法ならな。合意の上なら、俺がとやかく言うことじゃねぇ」

先輩たちの目がキランって光った気がした。もちろん全員じゃないけど……全員だったら、怖い。三人いただけでも十分怖いけど。

「ひとまず今日はここまでだ。行くぞ」

安佐間さんが僕を連れ出してくれたから、奢ってくれた先輩に礼を言って食堂を後にした。なんだかすごく疲れた。

安佐間さんとはエレベーターの前で別れて、まっすぐ部屋に戻る。

男同士か……さすがにそれは事前説明にもなかった。たぶん実態は知ってても、なかったことにされてるんだろうな。だからコンドームも販売できないんだ。だって必要ないことになってるわけだし。外に彼女がいるとかの場合は、外で買えばいいわけだし。

うん……頭痛くなってきた。今日はもうシーツだけ引っ張り出して適当にベッドメイクして寝てしまおう。

初日なのに、いろいろありすぎだよ。

あ、パン買うの忘れた……。

「おはようございます」

定時より結構早めに事務室へ行くと、それでもすでに三人がなかにいた。そのうち一人は夜勤の人なんだと思う。引き継ぎの真っ最中だった。

「ケンカ、ほんとに増えたね」

「三日連続で、しかも一晩で二件か……これはもう、上に報告しなきゃいけないレベルかもね」

先輩たちは溜め息まじりだ。上っていうのは、法人の役員とか理事、この計画を推奨《すいしょう》してる国の担当者を意味してる。院内のトラブルは学生たちで処理するのが基本で、報告は解決してから、っていうことになってるんだけど、手に負えなかったり、学生だけで処理するのは危険と思われることが起きた場合は上の判断や決定をあおぐことになってるらしい。今回の件は両方にあたりそうな気がするけど、もしかしたら、安佐間さんの無能を問われちゃったりするんだろうか。最近増えたってことになると、津路代表の責任とかも問われたりするんだろうか。

「海琴ちゃーん、このデータ入力しといて。フォーマット、昨日教えたやつで」

「あ……はい」

昨日のケンカを、データベースに入れる作業だ。発生時間と場所、お酒を飲んだ店とか買った店とか、あとは院生の名前と「仕事」に双方の言い分など……いろいろある。

一件目は隣りあった席で飲んでた同士の、些細《ささい》な口論から。で、二件目はー……え……。

「ち……痴情のもつれ……？」

「ああ、それね。そうなんだよ、ケンカしてた二人は付きあってるんだって」

片方の浮気が原因……って、ああ……そうなんだ……そっか。誰も驚いてないとこを見ると、きっとよくあることなんだ。

顔が引きつってたみたいで、すごく心配されてしまった。

「大丈夫、すぐ慣れるよ」

「それもどうかと……」

「だってさ、あと五、六年ここにいるって考えると、そういうもんだって諦《あきら》めちゃったほうがいいと思うんだよね。俺も最初はマジかって思ったけど、もう慣れたし。さすがに自分じゃその扉は開かないけどさ」

「よかったです」

昨日食堂で先輩たちにそれっぽい言動をされたせいか、少しびくびくしてしまった。全員じゃなかったけど、五人中三人は多いと思うんだ。

それから一時間だけ仕事をして、僕は初講義を受けに中央棟の教室へ向かった。ガードと執行部に所属してる人は、このビルのなかだけでなんとかなるように出来てるらしい。そんなことしてたら運動不足になっちゃうだろうけど。

教室は視聴覚室みたいな感じだった。一人一人の前にモニターとヘッドホンがあって、それぞれの進み具合にあわせた内容の講義ビデオを見る感じ。だからいつ来てもいいんだよね。朝九時から夕方六時までのあいだの、空いた時間に来て必要な講義ビデオを見ればいい。入って来る時期も専攻もバラバラだから、そうでもしないと追いつかないらしい。もっと講義の種類が少なければ自動車の教習所方式でもいけるのかもしれないけど。

　講義を受けるのはだいたい最初の三年くらいらしい。あとはひたすら実践なんだって。

　二時間の講義を受けて事務室に戻ると、まるで待機してたみたいに先輩たちが三人寄ってきた。

「おかえり、昼まだでしょ？」

「あ、はい」

「食堂行こうよ。奢るよ？」

「い、いえ今日は買ってきたので」

　朝、コンビニに寄っておにぎりとお茶を買ってきたんだ。時間の都合で朝は抜いたから、実はかなり腹ぺこだ。

「じゃ俺もなにか買ってくるか」

「あっ、いやあの、ちょっと約束があって。すみません、急ぐのでっ」

　根本的な解決になってないのは自分でもよくわかってるんだけど、うまいかわし方がよくわからないんだ。逃げるみたいにして事務室を出て、どこか人目に付かないところはないかとうろつきまわる。約束があるって言った手前、ぼっちメシを目撃されたくなかった。

　とにかく南棟はだめだ。外へ行こうかと思ったけど、なんだか天気悪そうだし、空き教室とか中央棟にないかなぁ。

さっきまでいた中央棟に戻って、うろうろと歩きまわってたら、なんかよさげなところを見つけた。閉鎖されてる屋上に続く階段だ。ドアの手前の踊り場みたいなところで食べよう。掃除は定期的にしてるらしいから埃《ほこり》っぽいってこともない、はず。

鼻歌まじりに階段を上ってたら、途中でなんか見えてきた。足……？　え、嘘……人の足だ。まさか事件とかっ……？　死んでたらどうしよう……いや、それはないよね。あったらおかしい。だってここ、一応学校だし。

恐る恐る近付いていくと、やたらと長い脚《あし》だってことがわかった。黒なんだか灰色なんだか微妙な感じのタイトなパンツが長い脚を強調してる。仰向《あおむ》けで……腹のとこで手を組んでる。脚の長さからわかってたことだけど、かなり背が高そう……って、この人、津路代表だ！

「えぇー……」

なんでこんなとこで死体みたいになってんの？　死んでないよね？

そうっと近付いて、そばにしゃがみ込んでみた。手のひらを顔の前に近づけると、ちゃんと息してるのがわかってほっとする。

とはいえ、このままでいいんだろうか。こんなとこで、ぐーすか寝ちゃってるけどさ、なにかあったらどうすんの。だって僕がこんな近くで顔に手をかざしたりしてるのに、まったく起きる様子がないんだよ？

うーん……まぁ、いいか。予定通り、ここでご飯食べよう。気持ちよさそうに寝てるのに起こすのもかわいそうだし、僕だってガードの一員なんだから、うちの代表の警護くらいしなきゃね。

足の先から一メートルくらい離れたところに座り直して、レジ袋からおにぎりとお茶を取り出す。フィルムがカサカサ音を立てても、津路代表は起きなかった。

鮭、美味《おい》しいなぁ。野菜が足りない気がするけど、気にしない。次は昆布。おにぎりはだいたいこの二種類って決めてるんだよね。二つ食べ終わったら、今度はシュークリーム。

はい、完食。僕のランチタイムは約十分でした。

ところで昼休み終わるまで起きなかったらどうしよう？　起こすべきかな。代表だって午後の仕事あるだろうし……。

それにしても、本当に整った顔してる。二十歳って聞いたときは信じられなかったけど、寝顔はちょっとだけ若いっていうか幼くて、二十歳って言われたらそうかも……うーん、でもやっぱり去年まで十代とかあり得ない。

とか考えてたら、津路代表のまぶたがぴくっと動いて、次の瞬間目を開けた。ぱちって音が聞こえてきそうだった。

で、すぐ僕と目があった。全然驚いてないよ、この人。

「お……おはようございます」

津路代表は手を突いて身体を起こした。なんとなくだけど、腹筋だけですっと起き上がれそうな気

がする。

「……おまえ、ガードの……確か小椋」

「あ、すごい。覚えてるんですね」

会議に同席しただけの僕をちゃんと覚えてるなんてすごい。やっぱり記憶力いいんだな。代表になるくらいだから相当頭いいんだろうな。

普通に感心してたんだけど、津路代表はムッとした。

「昨日の今日で忘れるかよ」

「すみません」

「で、おまえここでなにしてる」

「昼ご飯食べてました。人が来ない場所探してたら、ここに行き着いて……最初死んでるかと思いました。思わず顔の前に手を当てて息してるか確かめちゃいましたよ」

ネタっぽく言ってみたけど、代表は険しい顔になった。いや、さっきから眉間《みけん》に軽い皺《しわ》寄ってたけどね。なんかマズいこと言ったかな。

「何者だ?」

「え、だからガードの……」

「この俺が、人の気配で起きないはずがない」

ものすごくきっぱり断言してるけど、実際起きなかったじゃん。この場合どうしたらいいの? 否定する勇気はないけど、同意するのもおかしいし。

津路代表はかなり気配に敏感で、人が近付いてきたらその時点で目を覚ますはずなんだって。追加でそう説明された。

「ガードには珍しいタイプだと思ってたが、そういうことか」

「いや、あの『そういうこと』ってなんですか。僕、本当になにも出来ないですって。ガードではただの事務職ですしっ」

本当のことしか言ってないのに、信じてもらえなかった。僕が特別な訓練を受けた者……とか、なんの冗談。

意外と天然なのかな、津路代表って。だってマジの顔だよ。

「あー、そろそろお昼休み終わりますね。僕そろそろ行きます。お先に失礼します」

頭を下げて、少し早めに階段を下りて行く。背中にびしばし視線が刺さってたけど、なにか言われるってことはなかった。

事務室に戻って自分の席に着いて、五分もしないうちに電話が鳴った。

「はい、ガード事務室です」

電話を取ったのはここに来て三年目だという人だ。通報らしくて、メモを取りながら話を聞いて、相手のことをいくつか質問してる。まぁ録音もしてるんだけどね。

そうして二分くらいの電話が終わると、安佐間さんを振り返った。

「器物破損です。執行部の車がパンクさせられてるそうです」

「はぁ？」

「十二時半までは無事が確認されてて……あ、まただ。ちょっと待ってください。うちの子だ。はいはい、どうした？」

電話に飛びついた先輩の顔が険しくなる。そうして話を終えると、そのままの顔で首を傾《かし》げ、安佐間さんに向き直った。

「うちもやられました。車のそばにしゃがみ込んでたやつを追いかけたらしいんですけど、逃げられたそうです」

「逃げられただぁ？　ふざけんな、後でシメる」

「いやいや、翔太《しょうた》ですよ。先週捻挫《ねんざ》したでしょ。かわいそうだからやめて」

「気合いで治せよ。あー、ちょっと執行部行って来るわ。海琴ついてこい」

「は、はいっ」

慌てて立ち上がって安佐間さんについていく。当たり前のように名前を呼び捨てにされてたけど、突っ込む気はなかった。なんかもう、この人ならしょうがないって感じがする。

アポなしで執行部の事務室に突撃すると、なかにいた人たちがぎょっとした顔をした。ガードよりも人が多いのは、事務仕事がメインだからだろう。

さっきまで昼寝してた津路代表も、寝起きなんて感じさせない顔でこっちを見てる。僕と目があったのは気のせいじゃないと思う。

大丈夫です、誰にも言いませんから。

「うちとそっちの車がパンクさせられた」

「同一犯か」

「単独かはともかくな」

「そうか……院のものを破壊ってケースは確か初めてだろう。酔っ払いが暴れるのは別として」

「そのはずだ」

「仕掛けじゃない可能性が高いわけか」

そうだよね、院の器物を破壊なんて余計な経費がかかるだけだ。仕掛け人のしわざとは考えにくいよね、やっぱり。

「なにか気がついたことがあれば教えろ。特に、おまえが恨みを買ってそうなこととか、嫌がらせされそうなこととか、復讐《ふくしゅう》を決意されそうなこととか。あ、例の件、以外で」

「なんで俺限定なんだ。ガードの車はカモフラージュだとでも言いたいのか」

「だったらいいな、って思ってる」

うわぁ、いい笑顔。なんていうか正直すぎて、いっそ清々《すがすが》しい。

津路代表は舌打ちしつつも、わかったって言った。納得したっていうよりも、長々と相手にしたくないって感じだ。例の件ってなんだろう。気になるけど訊いちゃいけない雰囲気だ。言っていいことなら後で教えてくれると思うから、してくれなかったらこのまま忘れることにしよう。

「ま、とりあえずそんだけだ。邪魔したな」

僕はなんのために来たんだろうって思いながら、頭を下げて安佐間さんを追いかける。いろんな人に見られて、ちょっと緊張した。アウェイだし。

南棟に戻る途中で、安佐間さんはふと思い出したように言った。

「そういや、また男どもに群がられたらしいな」

「その言い方はどうかと思います」

ぞわっとしたよ、ぞわっと。抗議の目で安佐間さんを見つめるけど、まったく気にしてもらえなかった。

「ダチはいるのか」

「まだいません」

「じゃ、下心抱かないようなやつを紹介してやる。確かおまえと同じ年だが、一年近く先輩だ。バカだがそこそこ使える。そいつは部屋に入れても安全だ。ヘタレだしな」

ひどい言われようだけど、なんとなく親しみっていうか、気安さを感じる。たぶん安佐間さんのお気に入りなんだろうな。ペット感覚かもしれないけど。

安佐間さんはガード事務室に戻ると、近くにいた人に言って「翔太」って人を呼び出した。さっき名前出たよね。捻挫してるとかっていう。

座って仕事をしてたら、バタバタ足音が近付いてきた。

「なんすか！」

バーン、って勢いよくドアを開けて飛び込んできたのは、なんていうか……やんちゃそうな人だった。男の子って感じ。短くして立てた髪と、ちょっと吊り気味の目のせいかな。ガタイがよくて、ちょっと迫力があるけど、怖いって感じではなかった。

「おまえ、今日はもういいから上がれ。で、こいつ連れて院内の案内してこい」

「はぁっ？」

「新人教育の一環だぞ。あとな、見ての通り男どもが群がって来やがるから、適当に蹴散らせ」

「……うっす」

なんで俺が、って顔に書いてある。不本意なんだろうなぁ……けど、ここで遠慮するつもりはなかった。友達欲しいし！

「小椋海琴です。よろしくお願いします！」

目の前まで言って期待を込めて見つめると、彼はうっとたじろいでから「まぁいいけど……」って言ってくれた。

「俺は柳《やなぎ》翔太。おまえ、年いくつ？」

「十二月で十九です」

「あ、タメか。よろしくな。同じ年なんだし、タメ口でいいぞ」

「えっと、捻挫って大丈夫？」

「歩く分には平気」

そのまま一緒に外へ出て、町を散策した。思ってた以上に店は充実してたし、目抜き通りは活気があった。

ただ違和感はどうしてもある。

「わかってたけど……若い男の人しかいない……」

「そりゃな。ま、慣れるよすぐ」

「あ、そういや部屋って何階？」

「六階」

「同じだ」

まだ全然片付けが終わってないってぼやいたら、手伝ってくれるって言ってくれた。あと穴場の店とか、安い店とか、翔太くんが知ってることをいろいろと教えてくれて、かなり助かった。右も左もわからないからね。一応、マップというか院内ガイドはあるんだけど、生の声って大事だから。

「それにしてもさ、海琴の扱いってかなりよくねぇ？」

「比較対象がないから、よくわかんないけど……そうなの？」

「俺のときなんて、こんなことしてくれなかったもん。まぁ、それだけ要注意ってことなんだろうけどな」

「要注意？」

「最近ちょっと荒れてるからさ。事件にならない程度の小競《こぜ》りあいなんかしょっちゅうだし、酔っ払いの強引なナンパとかも多いし、なんかおかしいんだよなぁ……」

「さっきのパンクも、委員長さんが首傾げてたよ」

「だろうな。単純なイタズラってのも考えにくいじゃん。せっかくここに入ったのに、バレたらクビになるだけじゃなくて、将来に関わるんだしさ」

そうなんだよね。修習院を途中で辞《や》める人はそこそこいるけど、ほとんどが自主退学で、理由は気持ちの問題とか別の目標が出来たとからしい。けど問題を起こした人は、その事実がまるで犯罪歴みたいに残ってしまう。実際、犯罪なんだけどね。いくら学校の体裁を取ってるからって、一般社会を模《も》したものだからって、犯罪行為であることには変わりない。だってここは校則がなくて、日本の法律が適応されてるんだから。

「委員長さんは、執行部のついでにガードがやられたんじゃないかって言ってたけど」

「カモフラージュって意味？」

「そう」

「ありかもなぁ。逆もないとは言わねぇけどさ」

「ガードって、やっぱり恨まれたりすんの？」

「逆恨《さかうら》みとかは、たまに。あと普通に嫌がられてるよな。制服あるわけじゃねえし、パッと見はわかんねぇけど、ＩＤ見せると『げっ』みたいな顔されること、よくあるし。大抵そういうやつは、どっか疚《やま》しいとこあるやつだけどさ。あ、スーパーこの先な。さすがに一箇所しかないんだわ。でも値段は普通だから。特売とかもやるし」

スーパーは一つしかないけど、代わりに二十四時間なんだって。もちろん店員もすべて院生。あえて店員として働こうっていうタイプは、無理なく働きながら大学卒業相当の評価がもらえるってところが魅力らしい。個人の店なんかは、新たに開業するっていうことはなくて、オーナーを引き継いでいくっていうスタイルなんだって。レストランとかカフェはもう飽和《ほうわ》状態だって。

ぶらぶらと店を見てたら、だんだんと薄暗くなってきた。ずいぶん日が短くなったなぁ。今年は秋が早いみたいだ。

「メシ、食わねぇ？」

「食べる食べる」

「どこにすっか……あー、ごめん地下の食堂でいいか？　俺、今月ちょっとピンチなんだわ」

欲しいものがあって買ってしまったので、財布《さいふ》に余裕がないらしい。

「いいよ、結構美味しかったし」

「安いしな。あ、週替わりなんだっけな……」

歩いて数分の中央ビル――執行部とガードが入ってるから、院生たちのあいだではそう呼ばれてるらしい――に戻った。ちなみに地図上でもしっかり真ん中だ。ここを中心に作られてる町なんだよね。

だから生活するには超便利。

今日はナポリタンとサラダにした。昼間お米食べたから、夜は麺《めん》類。なんとなくだけど、一日一回はお米食べないと落ち着かないんだよね。

翔太くんはロースカツ定食。がっつり系だ。

二人席を探したけど空いてなかったから、四人がけに座った。翔太くん曰《いわ》く、南寄りだと先輩たちが寄ってきそうだから、あえて北寄りにしたみたい。別に決まりがあるわけじゃないのに、院生たちはなんとなくそれぞれの所属側に席を取ることが多いんだって。気にしない人も当然いるそうだし、テリトリー意識ってわけじゃないらしいけど。

「あー……なんかゆっくり食事できてる……」

「なんだ、それ」

「昨日は先輩たち五人に囲まれてたから」

「うへぇ……それはご愁傷様《しゅうしょうさま》だな。いかにも対象にされそうだもんな、おまえ」

恋愛対象って言わないところが、現実を物語ってる気がする。僕が好きとかそういうことじゃなくて、ちょっとかまってみたいとか、安佐間さんが言うところの仮性さんたちが、とりあえず欲求を満たしたいとか、そういうことなんだと思う。

中性的っていうのは自覚してるから、ここだとそういう役まわりなんだろうなぁ。気が重いけど、いまから顔が変わったり劇的に背が伸びたりはしないだろうから諦めよう。で、僕なりに精一杯自衛していこう。

とはいえ納得しきれない部分のほうが多いけど。

「面倒がらずに外に行けばいいのに。男を口説くより成功率高いよ、きっと」

「駅前までバスで三十分だからな。それだって正直田舎《いなか》町で、そもそも若い女が少ないんだよ。よく行くやつは、すでに顔覚えられちゃってる状態」

「そうなんだ……」

「風俗もあるけど、姉ちゃんのレベルが低いって誰か嘆《なげ》いてたな。噂《うわさ》によると、院生の需要を見越して進出したいって話もあるらしいけど、地元の反対で微妙な感じ」

なるほど、だから院生って欲求不満なんだ。作るときにそこまで考えなかったのかな。高校生ならともかく、半数以上が成人なんだからもっと考慮すればよかったのに。

溜め息まじりに言ったら、翔太くんに苦笑いされた。

「政治家や役人がそこまで考えるわけねぇじゃん。ほかにもいろいろ穴だらけだよ」

「大きな町の近くとか……は、土地が確保できないか」

「無理無理。けどまぁ、院生も割り切ってるとこあるからさ、ケツ狙われてるって言っても、あわよくば……くらいだと思うぜ。ヘビーな感情じゃねぇと思う」

「軽いナンパみたいな?」

「そうそう。あとは、やりとりを楽しむとか、そんな感じ」

「娯楽かぁ……」

ミニシアターやゲームセンターもあるけど、やっぱり院内は圧倒的に娯楽が少ない。おかげで一番近い町の外れにあるアミューズメント施設は院生御用達《ごようたし》らしい。

「だから賭博《とばく》とかもあちこちでやってるわけ。金が絡んでるのは摘発《てきはつ》対象な」

「わかった」

話しながら食べてるうちに、二十分くらいたった。食堂は結構混んできたけど、まだ席が埋まってるってほどじゃない。

視線はね、ここに座ったときから感じてる。たぶん執行部の人たちが多いエリアだから、ってのもあると思う。

翔太くんはとっくに食べ終わってて、僕はもう少しってところだ。

ふいにまわりの人たちが、ざわってした。翔太くんも気付いて、様子を窺《うかが》って、すぐに納得したような顔をした。

「なに？」

「代表が来たんだよ。相変わらず、ぼっちだな」

「相変わらずなんだ？」

「うん。誰ともつるまないって話。実際、仕事以外で誰かと行動してるとこ見たことねぇもん。友達いないんだろうな」

「え、いないのかな。副代表とかは？」

「あの人は友達ってより先輩だな。七年目のベテランだし、もう就職先は決まってて、今年度でここ出て行くらしいし」

「へぇ」

なにげなく翔太くんの視線を追うと、ちょうど代表が夕食を買い終わったところだった。くるって振り返った途端に、目があった。

気のせい……じゃない。たぶん。だってこっち見ながら、ずんずん近付いてくる。

「お……おい、おまえのこと見てねぇか？」

「……かもしれない」

昼休みのことだろうか。たぶんそうだ。そういえば誰にも言わないって、約束とかしなかった。別に秘密じゃないのかもしれないけど、もしそうだったら釘でも刺すんだろうか。

「相席、いいか？」

本当に来ちゃった。テーブルの脇で、威圧感たっぷりに見下ろしてくる。これ、断るっていう選択肢《し》はないんだよね？

思わず翔太くんと目をあわせたら、うんうんって頷かれた。心なしか顔色も悪い。安佐間さんが言ってた「ヘタレ」ってこういうこと？　それとも別の理由なのかな。とりあえず代表に返事をしなくちゃ。

「ど、どうぞ」

「どうも」

津路代表、僕の隣に座ったよ……。いや、翔太くんの隣に座るよりは自然だけど、それは昼休みのことがあったからで、それ知らない人から見たら「なんで？」って感じだよね。

それにしても、こっちの返事を待ってから座るってあたりが意外だった。勝手にドカッと座ってもおかしくないと思ってたのに。

翔太くんが救いを求めるような目で僕を見る。ものすごくいろいろ訊きたそうなんだけど、津路代表を前にしてなにも言えないみたいだ。

「あの……」

「悪いが履歴《りれき》書を見せてもらった」

食い気味に言われた。っていうか、個人情報なんだけどいいの……？　別に見られて困ることなんて、院に入るとき提出した書類には書いてないけどさ。

「いきなり安佐間委員長の側近扱いなのはなぜだ？」

「わかりません。安佐間さんに訊いて欲しいです。それに側近なんていう立派なものじゃなくて、ただのお供《とも》です」

「ボディガードじゃないのか」

「ケンカとかしたことないですし、武道も格闘技も習ったことないです」

急に津路代表の視線が僕の肩とか腕とかに移って、納得したように頷かれてしまった。なんかちょっと屈辱《くつじょく》……。

まわりの人たちは、なにごとかって顔で僕たちを見てる。基本一人行動の人が、見も知らないやつと相席してしゃべってるんだから当然か。

「筋肉が薄いな。ガリガリだ」

「ガリガリはひどいです」

そこまで痩《や》せてないはず！　少なくともアバラは普通にしてたら浮かないし。伸びとかしたら、見えるけどさ。確かにまわりの人たちと比べたら細いかもしれない。マッチョでも細マッチョでもないし。けど、ガリガリじゃないよ。

なんかいろいろと質問されて、代表なりに結論は出たらしい。

「俺の考えすぎだったな」

「ですね」

「あの、一体なんの話……？」

ずっと黙っていた翔太くんが口を開いた途端、はっとしてスマフォを取り出した。情けなかった顔が、一瞬で引き締まった。

「緊急招集か」

「はい。またケンカっすね。あー、俺行っても大丈夫か？」

「あ、それって僕も行ったほうが……」

『やめとけ』

見事なユニゾン。タイミングからなにからピッタリだった。

「巻き込まれたらヤバいから、おとなしくしてろ。じゃ行くわ」

「気をつけて」

店を巡ってる最中にお互いの部屋番号も教えあったし、電話番号とメアドも交換した。後で部屋へ遊びに行ってみようかな。ケンカならそんなに処理に時間かからないはずだし。

翔太くん、なんだか僕のことかなり気にしてるっぽくて、ちらちらと振り返ってる。

安心させるために笑いながら手を振って翔太くんを送り出してから、はっと気付いた。

津路代表と二人っきりだ。や、昼休みもそうだったけど、あのときはちょっと離れてたし……いま、並んで座っちゃってるし。

「これでも食ってろ」

津路代表は自分のトレーから杏仁豆腐《あんにんどうふ》を僕の前に移した。

「え？」

「甘いもの苦手なんだ」

「……そ、そうですか……じゃあ、あの……遠慮なく」

これってセットだったたっけ？　違うような気がする。苦手なもの、わざわざ買ったんだろうか。もしかして僕にくれるつもりで……？　あ、賄賂《わいろ》か。そうか。

「昼休みのことなら、誰にも言いませんよ？」

「隠すようなことでもないだろう」

「そうなんですか？」

「サボってたわけじゃないし、あのドアの前までなら規約違反でもない。それよりなんでおまえは、寝てる俺の横でメシ食ってたんだ？」

「誰か来たらマズいかも……って思って。だって全然起きないから、襲われても気付かないんじゃないかと思ったんです」

「それはない。だからおまえが特殊なのかと思ったんだ」

いやいや、それはないです。気配なんて消せないし、普通に足音立てて階段上がってたし。たまま深く眠ってたってだけじゃないのかな。言ったら絶対に反論されるだろうから、ここは空気読んで言わないことにした。

「普通ですよ、僕。とにかく心配だったんで残りました。一応これでもガードの一員ですし、ここのところ荒れてるって聞いたし」

「確かにな」

「ストレス溜まってるんですかね？」

「それは間違いないな。そもそもここでの生活は、負荷《ふか》テストみたいなものだ」

「負荷テスト……？」

なんでわざわざそんなことするんだろう。ふるいにかけるため？　それともストレス耐性を付けさせるため？

疑問が顔に出てたらしい。津路代表は苦笑した。

「上が望んでるのは、能力が高くてストレスに強い人間だからな。鬱屈《うっくつ》抱えて犯罪行為に走るようなやつは、その段階でふるいにかけられて落とされてる」

「それって、将来のために？」

「駒《こま》にするにしろ、使い捨てにしろ、頑丈《がんじょう》なほうがいいってことだろ。成績だけよくても、ちょっとしたことで辞めたり病んだり、トラブル起こされたりしたらたまらないってことだ」

この人って、執行部の代表だよね。ってことは、院の代表ってことだよね。なのに修習院に対して、かなり斜めにかまえてない？　むしろうんざり、みたいな気配がするんだけど……。

どう返事したらいいのかよくわからなくて黙ってたら、津路代表が急に怪訝《けげん》そうな顔をした。

「なんで俺はこんなことまでしゃべってるんだ」

知りません。本人がわからないのに、ほとんど話したことがない僕にわかるわけないし。いや、だからそんな難問突きつけられたみたいな顔で僕を見ないでください。わりと無表情な人かと思ってたけど、そうでもないみたいだ。

いたたまれなくなって俯《うつむ》きながら杏仁豆腐を食べた。そのあいだも津路代表はじっと僕のこと見てて、見ながらもちゃんと食べてた。

たぶん傍《はた》から見たらかなりシュールなんじゃ……？

そしたらまた、ざわっと食堂の雰囲気が変わった。なんだろうって僕が顔を上げるのと、代表が舌打ちしたのは同時だった。

「うちの新人に、なにちょっかいかけてんだよ」

「安佐間さん……っ？」

え、なんでいるの。あ、そういえば昨日もいたよね。同じような時間だったし、毎日この時間に食堂に来るってことなのかな？って思ってたから、まったく違ってた。

「ったく、翔太のメール見たときは目を疑ったけどな。マジでおまえ、なにしてんの」

「食事だが？」

挑発するような安佐間さんの言葉に、代表はしれっと答えた。うん、間違ってはいない。そして安佐間さんが来たわけは、翔太くんのメールだったことが判明。たぶん僕を一人で残してくのが心配で、SOSを出したんだろう。

「ぼっちメシ上等の津路代表さんが、なんでわざわざよその新人とメシ食ってんだぁ？」

「確認したいことがあったからな」

「なにをだ」

「もう解決した。結論だけ言うと、俺の思い違いだった」

それ以上は言う気ないってことだよね。もしかして僕、この後いろいろ追及されても口割っちゃいけないの？

って思いながら見てたら、津路代表がふっと笑った。

笑った！　なんかもうすごい破壊力。いつも眉間に皺寄せてる感じだったから——いや、そういうイメージであって実際はそこまでじゃないんだけど——、思わずたじろぐというか、照れるというか、ようするに動揺してしまった。

僕だけじゃなかったみたいで、あっちこっちでざわざわしてる。よっぽどレアなんだろうな。

安佐間さんをちらっと見たら、ものすごい嫌そうな顔してた。

「なにそれキモいわ」

「安佐間には後で説明しとけ」

あ、言ってもいいんだ。了解です。僕が頷くと、津路代表は残ってた水を飲み干した。安佐間さんの言葉とか顔とかは完全スルーしてる。

やっぱり仲がよさそうには見えないなぁ。険悪ってほどでもないし、気心が知れてるからぶつかってる、って感じでもないし。

恒例というか、みんな知ってるみたいで、誰も驚いたり困ったりしてない。ああまたか……みたいな反応だ。

安佐間さんは僕の横に立つ形でテーブルに手を突いて身を乗り出して、津路代表を見据《みす》えてる。冷ややかっていうか……違う、なんていうか完全に見下してますって目だ。でも津路代表のほうはそれをスルーしてる感じ。

あれ、なんかまたざわざわしてきたけど……。

「なにしてんの、お揃いで」

聞いたことのない声が聞こえてきた。いつの間にか近くに人が来てたらしい。でも安佐間さんが壁になってて、顔は見えなかった。安佐間さんよりずいぶん背が高いのはわかるけど。

「話しかけんな、クズ」

「今日もきれいだねぇ、薫ちゃん」

「勝手に名前呼ぶんじゃねぇよ、カスが」

「食事はもうすんだ？　まだだったら、一緒に食べようよ」

「てめぇと食うくらいだったら絶食するわ」

あれ、なんだろう。会話が全然噛みあってない。っていうか、安佐間さんはちゃんと返事になってるけど、相手の人が聞いてない？　さっきも代表は安佐間さんの暴言をスルーしてたけど、それとはまたちょっと違うよね。ものすごく薄ら寒い……。それに安佐間さんの語尾が、クズだのカスだの、ひどいことになってる。

「ところで津路くん。一人じゃないなんて珍しいじゃない」

「そうだな」

どれだけ普段、一人でいるんだろうこの人。いちいち珍しがられるって相当だよね。津路代表は相変わらずしれっとしてるし。

「で、デートのお相手は？」

ひょいと顔を覗《のぞ》かせた人は、やたらと派手な美男子だ。そう、「美男子」って言葉がぴったりだったよ。たぶんハーフとかクォーターで、栗色の髪はたぶん天然だ。目もちょっと薄い色をしてる。

目があうとその人は、にっこりと笑った。

「君、可愛いね。初めまして、俺は北里怜史《きたざとれいじ》っていうんだ。覚えてね。一応『組合』の議長をしてるんだよ」

「え……」

組合って言ったら経済総会議所の通称だ。院内の商業部門を総括してる……。

なんと、院内の三大組織トップが揃い踏み！

いや、これどういうこと？　なんで？　仕事ならともかく、ここ食堂だよね。集まる理由なんてないよね？

「名前教えて？」

「あ、僕は……」

「教えんな。教えたら最後、馴れ馴れしく名前にちゃん付けで呼ばれるぞ」

「でも、津路代表は名字にくんでしたよ？」

「だって俺、津路くんにはこれっぽっちも興味ないからさぁ。ちゃん付けで呼ぶのは、口説きたい子だけなんだよね」

ああ……そういう人なんだ。だから安佐間さんの顔がものすごく嫌そうなんだな。津路代表にも好意的とは言えない人だけど、嫌悪感みたいなものはなかった。いまは確実に嫌悪感たっぷりだ。虫ケラ見てるみたいな顔してる。きっといつものことなんだろう。

そんな目で見られても平然としてる北里議長の神経はまったく理解できない。

津路代表も北里議長のことあまり好きではなさそう。さっきから目つきがヤバい。剣呑《けんのん》っていうか、物騒っていうか。

変な緊張状態が僕たちを中心に発生してる。食堂はさっきからしんと静まりかえってて、みんなこっちに注目してるみたいだ。

僕、昨日入ったばっかの新人なんです。勘弁してください。

「擦れてない感じがいいよね。あ、もちろん薫ちゃんはそのままで十分魅力的だけど」

「顔がよけりゃなんでもいいんだろうが、このゲス野郎」

「まさか。顔だけじゃだめだよ。身体もよくなきゃ」

「聞いたか、新人。こういう男だ、見かけたら全力で逃げろ。害虫だ。迂闊《うかつ》に近付くと孕《はら》むかもしれねぇぞ」

それはどうかと思うけど、全力で逃げることにします。大きく頷いてたら、北里議長はテーブルの反対側にまわりこんで、長身を屈《かが》めるようにして僕のほうに身を乗り出してきた。

「うん、実に可愛い。ねえ、こんなつまらない男なんて放っておいて、俺とデートしようよ。お近付きの印に……って、アルコールは無理か。未成年だよね？」

「です」

「おい、俺の目の前でうちの新人誘ってんじゃねぇよ」

「あれ、ヤキモチ？」

「頭湧いてんのか。その耳と目、まともなやつに取っ替えてこいよ。ついでに頭の中身も初期化したほうがいいんじゃねぇの」

ああ、安佐間さんのこめかみに青筋できてる。それでも美人はやっぱり美人だ。むしろ怒ると壮絶にきれいかもしれない。

「北里議長。いまさらだが、用がないなら出て行ってくれないか。基本的に、ここは執行部とガード専用のはずだろう」

「客としてならそうだろうね。でも俺は議長として組合に属してるスタッフに用事があって来たから関係ないよ」

設備や材料費、そしてスタッフさんたちの給料なんかは執行部とガードの予算から出てるみたいだけど、そもそもスタッフさんたちは組合に登録してる人たちで、組合から派遣されて来てるんだ。だから一応、北里議長が言ってることはスジが通ってる。ただしこんな時間に来たって、スタッフさんたちはフル稼働で、とても北里議長と話す余裕なんてないだろう。

絶対いまの嘘。仕事の邪魔にしかならない時間になんて普通来ない。議長になるほどの人なら当然のことだと思う。

津路代表は溜め息をついて安佐間さんを見た。

「そいつを早く連れて帰ったほうがよさそうだぞ」

「言われなくても。おい、行くぞ」

「あ、はい」

安佐間さんについていこうとトレイを持って立ち上がったら、急にぐいっと北里議長に肩を引き寄せられて、ちゅってほっぺたキスされた。

フリーズした。いきなりすぎて声も出なかった。

「いい加減にしてくれ」

「公然わいせつでしょっぴくぞ、てめぇ」

「ただの挨拶だって。うん、アップで見ても肌つるつるだね」

なおも撫《な》でようとした手を、向かいに座ってたはずの津路代表がつかんで止める。一瞬出遅れちゃったらしい安佐間さんは、手をわきわきした後で握りこんで、軽く北里議長の腹にパンチを入れた。

多少は痛かったらしくて笑いながら文句を言ってるけど、メチャクチャ楽しそう。もしかしてこの人ってMなのかな。

僕は半分現実逃避でそんなことを考えてた。

気がついたときには猫みたいに後ろ衿《えり》のところを摘まれて、安佐間さんによって食堂から出されてた。

津路代表にお礼を言わなかったって後から気がついて、少しへこんだ。


八時過ぎくらいに、翔太くんからメールが来た。いまからでよかったら手伝いに行く、って書いてあったから、遠慮なく来てもらった。

「おー、ほんとにまだ半分だ」

「ないと思ってたけど、意外にあった」

「そんなもんだよな。えーと、なにすればいい？」

「台所に置いてある段ボール開けて、適当に収めて」

「適当にな」

作り付けの収納しかないから、適当で問題ないと思う。使ってみてどうしても不便な配置だったら、ちょっと変えればいいんだし。

僕は洋服を詰めて、日用品を洗面所とかいろんなとこに置いていく。台所が終わった翔太くんにはテキスト類を机の引き出しに入れてもらった。

ちょうど一時間たつ頃に、なんとかダンボールは空っぽになって、全部潰せた。

「よし、これは明日ゴミ置き場に持っていく……と。あ、ゴミ置き場わかるか？」

「入居のしおりに書いてあったから大丈夫。お茶……っていうか、コーヒーいれるね。インスタントだけど」

「十分、十分。俺コーヒーの味とかよくわかんねぇもん」

「僕も」

マグカップは自分のしかない。家で余ってたカップを二客持たせてくれたから、今日は僕も一緒にそれ使おう。

どうぞ、ってコーヒーを出すけど、ちょっと締まらないのは、テーブルがないからなんだよね。カウンターテーブルのとこと、机のとこと、別れて座っちゃってるから変な感じ。まぁ話すのに不便な距離じゃないけど。

「そういや、食堂で三すくみだったんだって？」

「もう知ってんの？」

「そりゃもう駆け巡ってるよ。北里議長がうちの食堂に来るなんて、まずねぇしさ」

「やっぱそうなんだ。なんで来たんだろ？　スタッフにどうのって言ってたけど、絶対嘘だと思ったんだ」

「あの人もなに考えてっかわかんねぇからなぁ……友達が議長のとこで仕事してんだけど、かなり神経すり減らしてるもん」

なんだろう、すごく納得できた。普段からあの調子なら、そりゃ一緒にいる人は疲れるよね。でも仕事はできるはずだから……うーん、ちょっと想像できないけど。

「あの人たちって仲悪いの？」

「うーん……よくはないよな。特にうちの委員長は議長のこと、わりと本気で嫌いみたいだし、津路代表も議長のことは好きじゃないと思う。たぶん、お互いにだな」

「津路代表って、そんな嫌われるタイプ？」

「北里議長はさ、なんて言うかこう……役人嫌いみたいなとこあって、基本的に執行部とかガードとかへの当たりはきついんだよ。きついって言っても、委員長みたいに毒吐くんじゃなくて、上から目線で小馬鹿にしてるって感じ？」

「ああ……でも安佐間さんのことはお気に入りっぽくない？」

「タイプだから、それはそれ……らしいよ。けどあの人、タイプいっぱいあるみたいだし、あっちこっちでナンパしてるから、どこまで本気かわかんねぇけど……海琴も口説かれたんだろ？」

「え、あ……うん、まぁ。でも冗談っぽかったよ」

「それは誰に対してもそう」

翔太くんは何度か北里議長のそういうシーンを目撃してるらしい。部下でも友達でもないのに何度も見たって……それだけあちこちでやらかしてる、ってことだよね。

「ま、とにかく役職だけでもう気に入らないんだと思う。前の代表にも似たような感じだったらしいよ。あと生意気って、本人に向かって言ってるみたいだし。ほら、年がさ、三つ違うじゃん」

たぶん、って言いながらも翔太くんの見解はかなり具体的だった。組合にいる友達からの情報とか見解とかも入ってるんだろうな。

「北里議長って安佐間さんとタメなんだ」

「うん。で、トップになった時期も一緒。あの二人と比べると、津路代表は年も若いしキャリアもないじゃん。でも一歩も引かねぇから生意気なんだってさ」

「それは……」

つまり津路代表がベテラン相手にも引けを取らずにやれてるってことだよね。むしろ褒《ほ》めるところじゃないの？

不満が顔に出てる自覚はあるけど、自分だってどうしてこんな気持ちになってるかわからない。でもさ、なんとなくおもしろくないんだ。

「なんだよ、その顔」

「別になんでもない。それより、続き。翔太くんから見て、安佐間さんと津路代表ってどう？　仲悪いと思う？」

「うーん……仲はよくねぇよ、どう見ても。ただ険悪でもない。委員長はさ、津路代表のことクソ野郎とか言ってるけど、たぶんいけ好かないって程度だと思うんだよな。力量とかは認めてるみたいだし。向こうは……たぶん個人的には興味ねぇと思う。つーか、誰にも興味ねぇってタイプだと思ってたんだけどな」

「ああ……うん、そんな感じかも」

「いやいや、おまえに会いに来てたじゃん。いまさらだけど、なんでおまえ津路代表に目ぇつけられたんだ？　あの人が個人的に誰かに接触するなんてなかったんだぞ」

「あー……うん、実は昼間ね……」

言ってもいいと言われてるから、翔太くんにも昼間のことを説明した。さっき安佐間さんに洗いざらい吐かされたから、いまさらだし。

全部聞いても怪訝そうな顔のままなのも一緒だった。

「意味わからん……。いや、おまえが訓練受けた人間とか変な誤解したとこは普通に笑えるけど、わざわざ確かめに来るようなことか？」

「僕に言われても……安佐間さんも同じこと言ってたよ」

「誰だって思うって」

「でもさぁ、みんなの驚きっぷりでそうなんだーって思ったけど、津路代表ってそんなに普段からぼっちなんだ？」

「うん。ぼっちっていうか、孤高の人？　みたいな感じかなぁ。人嫌いじゃないかって言われてるし、仕事でもワンマンらしいよ」

「でも二十歳で代表ってすごいよね？」

安佐間さんも北里代表も就任したときは同じような年だったはずだから、すごいんだと思う。浅い歴史のなかとはいえ、三つの組織のトップに就任した最年少だっていうし。

でもそう言いつつ翔太くんは奥歯にものが挟まったような言い方をしてた。

「そのへんもなぁ……ちょっとあってさ。聞いてねぇ？」

「なにを？」

「津路代表は、前任者を降ろして代表になったんだよ。別に不当なことじゃねぇよ？　ただ、前代表がその後休学して、そのまま辞めちまったもんだから、下克上とか罠《わな》にはめたとかいう噂が流れてんの。おもしろおかしく記事書かれたせいもあるけどな」

院内には二つのメディア系グループがあって、一つは紙媒体《ばいたい》で院内情報誌を出しつつニュースはリアルタイムでメールで発信してる。もう一つはゴシップやネタにしかならないものに力を入れているところなんだって。購読料でまかなうのは無理だから、購読会員数に応じて活動費用が補助される仕組みだとか。それ以外にも購読料を取らないで、趣味でやってるグループとか個人もいるみたい。これはもうメディアとは言えないけど、何箇所か読むに値《あたい》するところもあるらしい。

院内のことは外部へ流さないのが基本ルールで、これを破った者はガードの処罰対象となるんだよね。専門の班もあって、毎日忙しそう。

「本当は違うんだよね？」

「うん。ガードも調査に噛んでるから間違いない。前代表はさ、金で人望買ってたような人でさ。親が官僚ってのもあって、実績作りたくてしょうがなかったみたいなんだよ。悪いことばっかじゃなかったけどな。行事増やしたり、中央ビルのなかにコンビニ作ったのもその人だし。ただなんつーか、自分にも他人にも甘いっていうかな。津路代表とは真逆だった」

「ああ……厳しそうだもんね」

「そういうとこ、俺はいいと思うけどな。俺の一番はもちろん委員長だけど、こっそり津路代表のことも尊敬してんだ。そういうやつも多いんだけど、津路代表ってアンチも多いんだよなぁ。ガード内と組合内にもいるけど、実は執行部に結構いるって話だぜ。ほら、特に甘い汁を吸っていたやつらとかさ。前代表と一緒に役外されたやつらもいたし」

　一緒に外されたのは前代表の腰巾着《こしぎんちゃく》のような人たちだったんだって。ここでの実績よりも、前代表の親との繋がりを重く見てたってことらしい。

「不正とかあるんだ」

「そりゃね。ただ、どこまで仕掛けかってのは、わかんねぇじゃん。前代表はガチだったけど、そうじゃない摘発もあるみたいだし。ま、ガチだろうと仕掛けだろうと、俺たちがやることは変わんねぇけどな」

「だね。僕は事務ばっかだけど」

「事務職いいじゃん。俺は会議とか書類作成とか苦手だし、ガードにはそういうやつ多いからさ」

翔太くんっていいやつだなぁ。さすが安佐間さんの推薦。ちゃんといろいろ考えてるし、頭だっていいんだろうな。その上、腕っ節《ぷし》も強いなんてすごい。

ふっと時計を見て、翔太くんは立ち上がった。

「そろそろ帰るわ」

「今日はいろいろありがとう」

「おう、またな。おやすみ」

翔太くんの部屋は、三つ先だった。超近い。今度、僕も遊びに行こう。

こうして僕の二日目は終わった。


僕が修習院に来てようやく四日目。今日は午前中はフルで事務室に詰めて仕事して、午後一で二時間の講義を受けた。その後はなんと自由。なのでスーパーに初買い出しに行くことにした。

コンビニは毎日行ってたけど、スーパーは翔太くんと前を通っただけだったんだよね。

なかはちゃんとしたスーパーだった。もちろん客層にあわせてるから、置いてあるものは一般的なところと少し違うけど。たとえば女性用のものがなかったり、赤ちゃんとかペット関係のものが置いてなかったり。代わりに総菜とか弁当とか、レトルトやインスタントが充実してる。

試しにちょっとお総菜《そうざい》買ってみようかな。美味しかったら一人分作るより安そうだし、そもそも僕は料理が得意ってわけじゃないし。なんとなく、レシピ検索して作ってみて、こんなものかな……っていう程度。たまに失敗もする。

中華にしようかな。酢豚美味しそう……。

「あれ、もしかして海琴ちゃん？」

「はっ……？」

とっさに振り返ったら、北里議長だった。なんとなく顔見る前にわかったけど……。

それにしても名前にちゃん付けされた……これってやっぱり僕は対象ってことなんだよね。どこまで本気かはともかく。

っていうか、なんで僕の名前知ってるんだろう？　確かあのときは名乗らなかったし、安佐間さんも故意に言わなかったはずなんだけど。

「あの……どうして、名前……」

「そんなことはどうでもいいじゃない。海琴ちゃん、自炊するんだ？」

カゴのなかにお米と卵が入ってるのを見てそう言ったみたいだけど、お総菜買おうとしてる時点で微妙なところだよね。

「しようとは思ってますけど……あんまり得意じゃないので、たぶんお総菜とかよく買うことになると思います」

あとは切って炒《いた》めて混ぜるだけのやつとか。本当に微妙なところだから考えてしまう。食堂も安いしさ、ものによっては作ったほうが高くつきそう。疲れてるときは作りたくないし、たとえば酢豚とかは自分じゃ無理な気がするし。

「じゃあ、これからもよろしく」

「はい？」

「ここ、俺の経営だから。三代目だけどね。あと、カフェやレストランもやってるから、よかったら来て。はい、クーポン」

「あ……ありがとうございます」

そうか、ここって北里議長のか。組合のトップって、自分でも経営してるのか。しかも複数……やり手なんだなぁ。卒業したら誰かに譲《ゆず》るんだろうけど。

「ちなみに弁当と総菜は、うちのレストランのコックが作ってるんだよ」

「そうなんですか」

「それ、初来店記念に奢ってあげるよ」

「い……いいです、そんなっ……」

ダメだ、絶対奢ってもらっちゃダメな気がする。せっかくの厚意だけど、なんか下心があるようにしか思えなくなってる。隙は見せるな、借りは作るな、って安佐間さんからも言われてるし、ここは断固拒否。

でもそんな僕の考えはお見通しだったらしい。くすっと笑って、北里議長はものすごくわざとらしく苦笑した。

「いくらなんでも、たかが総菜一つでどうこうしようなんて思ってないんだけどねぇ」

「理由がないので」

「初来店はダメ？」

「全員に奢ってるって言うなら、素直に受け取ります」

「うーん……さすがにそれはないなぁ」

「じゃあ結構です」

「珍しいタイプだよね、君」

急に話が飛んだ！　マイペースっていうか、自分のしたい話しかしないっていうか……きっと仕事のときは違うんだろうけど、プライベートだと会話にならないよ、この人。しかも珍しいって、どういうこと？

「ここに来る連中はさ、大抵ガツガツしてるんだよ。上昇志向が強かったり、野心家だったりね。君はちょっと違うみたいだけど？」

「向上心ならありますけど」

ムッとしてしまう。まるで僕が目的もなくここへ来て、のほほんと過ごしてるような言い方は心外だ。確かに野心はないけどさ、ここでスキルを上げて実社会に出たときに即戦力になれるようにするぞ、っていう気持ちはある。その程度じゃ弱いって言われたらそれまでだけど。

またくすっと笑われた。

「拗《す》ねた顔も可愛いね。俺が言いたいのは、そういうことじゃないんだなぁ……うん、まぁ試験的にいろんなタイプ入れてるんだろうけどね。パワーエリートばっかだと、あれだしな。緩衝材《かんしょうざい》としてありなのか……」

後半はブツブツ言っててよく聞き取れなかった。エリートがどうのとか、なにかがありとか言ってるのはわかったけど。

「きょとんとしてる顔もいいね」

「し……失礼しますっ」

頭を下げてそのまま総菜売り場から逃げ出した。いつまでも同じところにはいないだろうから、別のものを買って、後で戻ればいいや。とりあえずお菓子買おう。小腹が空いたときに、ちょっと食べられるようなやつ。

コーナー表示のプレートを見ながら移動した先で、僕はまた知りあいに会ってしまった。

「津路代表……」

バランス栄養食の黄色い箱を手にして佇《たたず》んでいたのは津路代表だった。なんかシュール……凄《すさ》まじくお菓子売り場が似合ってない。シリアル系とお菓子って並んでるからね。

「ああ……買いものか」

僕に気付いて声をかけてくれたので、とりあえず頭だけ下げておく。なにか言おうとしたら、津路代表の視線が僕の背後に流れて、表情も少し嫌そうなものになった。それだけでもう、後ろに誰がいるのかわかってしまった。

「珍しいね。普段はビルのコンビニなのに」

「外へ出たついでだ」

「へぇ……」

「忙しいんですか？」

僕が口を挟むのもおこがましいかなって思ったけど、気になったから訊いてしまった。それに津路代表も北里議長とは話したくなさそうだったからいいかなって。

「いつもなんだよ。信じられないでしょ」

「え？」

なんで北里議長が代わりに答えたのかはわからないけど、否定の言葉は飛んでこなかった。マジか。そんな食事続けてたら倒れたりしないのかな。でもすらっとしてるけど、服の上からでもしっかりした身体してるのはわかるし、いいのかな……？

「食堂嫌いなんだよね？　津路くんって友達もいないし」

いやだから、なんで北里議長が言うのかなぁ。しかも津路代表のことはまったく見ないで、僕のほうばっかり見てるし。

「津路くんって食事なんてわりとどうでもいいってタイプなわけよ。食事を楽しめない人間って、この人みたいに本人もつまんなかったりするよね」

「き、北里議長……！」

笑いながら毒吐いてる！　安佐間さんはもっとカラッとした感じだけど、この人のはなんていうかイヤミっぽい感じ？　怖い。

そっと津路代表の顔を見ると、特に怒った様子はなかった。かなりうんざりしてるみたいだけど、それは当然だよね。

「人の多いところで食べるのが好きじゃないだけだ。特に一人だと視線のうるささが倍増する」

「へーえ」

「え、でも……」

このあいだ食堂で声かけられたのは……？　一人が嫌だから僕を見つけて同席したっていうのはわかるけど、そもそも当てもないのになんで一人で来たんだろ？

「ああ、もしかして……気になって普段行かない食堂に行っちゃった系？」

意味深に笑う北里代表に、もの凄い冷たい目つきの津路代表……。あれ、このあいだもこういう空気なかったっけ。殺伐《さつばつ》としてるっていうか、ひんやりしてるっていうか。

仲悪いのはしょうがないけど僕を巻き込まないで欲しい。

視線を落としたら、ちょうど津路代表の持っている黄色い箱が目に入った。あれが夕食っていうのはないと思う。

「あの、まさか毎食それじゃないですよね？」

「大豆バーも食うが」

「そういうことじゃなくて！　ちゃんとしたご飯も食べてますよね？」

「昼は根岸さんが弁当を買ってくる」

「そ……それなら、まぁ……」

根岸さんって副代表の人だよね。きっと見ていられなくなって、せめて昼だけでも……って思ったんだろうな。そういえば階段の踊り場で会ったときも、近くに弁当の空き容器があったような……。うん、あった気がする。

なんだろうなぁ、この人。結構面倒くさい人かも。他人ごとなんだけど、それが夕食っていうのはやっぱりどうかと思う。

「あの……よかったら一緒に食堂行きますか？」

まだ米と卵くらいしかカゴに入ってないし、これ持って食堂に行ったたって別にいいよね？

「気が進まない」

僕としては思い切って誘ってみたのに、津路代表は意外そうな顔をしながらも、わりとにべもなく言った。

ショックっていうよりも恥ずかしかった。余計なこと言っちゃった……。きっと北里議長も笑ってるよ。

「申し出はありがたかった。ただ食堂自体がな……気を張るから好きじゃないんだ」

「そこでデリバリーだよ、津路くん。早めの許可をよろしく」

「今月末には結論が出る」

「朗報を待ってるよ。じゃ、ごゆっくり」

ひらひらって手を振って、北里議長はバインダーを手にどこかへ行ってしまった。意識してなかったけど、なにかのチェックなんだろうな。

もう声はかけてこないはず。よし、お総菜を買いに戻ろう。

津路代表に一言挨拶してから行こう、と思ったら、穴が空きそうなほどじっと見つめられてたことに気がついた。

「な……なんですか……」

「いや、別に」

「そ、そうですか。あの、それじゃ僕はここで」

視線から逃げるようにして総菜売り場に戻った。だって目力《めぢから》すごくて、見つめられると、意味もなくすみませんって謝りたくなるんだよ。

総菜コーナーの並びにお弁当もあって、なにげなく見てたらすごく美味しそうなのを見つけた。ちょっとずつ何種類もおかずが入ってて、和洋中なんでもありのやつ。限定みたいだ。けど、スーパーのお弁当とは思えない値段……デパ地下並みだった。

ほかのにしよう。誰が買うんだろう、こういうの。

「それがいいのか？」

「えっ」

いつの間にかすぐ近くに津路代表がいた。手にはもうなにも持ってなかった。

「それ買って、行くぞ」

「は？　え、あの……ど、どこに？」

「さっき一緒に、って言っただろ？　食堂はごめんだが、俺の部屋ならいい」

いい、とか言われても僕がよくない。確かに言ったよ、一緒に食べましょうみたいなこと。けどそれは食堂限定だ。部屋なんてあり得ない！

だいたいなんで、最初っから決定事項みたいに言うの。普通はまず僕の意思を確認するところじゃないの？

この人も大概なんだなぁ……トップ三人のなかで一番まともそうだと思ってたのに。

ちょっとがっかりしてたら、カゴを持ってないほうの腕をつかまれた。

「行くぞ」

慌てて振り払って、ちょっと距離を取る。スーパーでこんなことしてたらマズいって頭はあったけど、いまは目の前の人に対処するので精一杯だった。

ムッとされても困るよ。いきなり腕つかまれて、部屋に行くぞみたいなこと言われたんだから、いまのは仕方ないと思う。

「だって、安佐間さんとか友達から気をつけろって言われてるしっ。ここ来てから、僕やたらと声かけられたり誘われたりしてて……」

「ナンパ男と一緒にするな」

「……すみません……」

一応謝っておいたけど、いまのところ一緒にされても仕方ないと思ってる。だって僕たち、ただの顔見知りで友達っていうわけじゃないし。先輩後輩の間柄ではあるかもしれないけど、部屋に行くほど親しくもないし。

「別に謝ることはないが……」

なにか言いかけたのに、津路代表は急に考え込んで、そのまま無言で僕を凝視《ぎょうし》した。まただ。この目は黙って見つめ返すのがすごく難しい。どうしよう、落ち着かない。目を逸《そ》らしても視線は感じるし、どうしたらいいのかわからなくなった。

「……一緒じゃないが……そうだな……そうらしい」

なにその謎の呟《つぶや》き。一人で納得してるけど、僕にはなにも説明してくれなくて置いてきぼりだ。だいたい僕たち、弁当売り場の前で向かいあってなにしてるんだろう。いま気付いたけど、遠巻きに見られてる。時間が時間だし、お弁当とかお総菜とか買いに来た人も多いんだろうな。僕はともかく津路代表は顔が知られてるだろうし、一体なにしてんだ……って思うよね。

「鬱陶《うっとう》しいな」

小さく呟いて、津路代表は僕の手からカゴを奪った。そうしてあの高いお弁当を一つ取ってカゴに入れて、そのままレジに行ってしまった。

「待ってください。あの、それ買うつもりないですしっ」

「俺が買う」

「あ……はい」

ちゃんとしたもの食べる気になってくれたのはいいことだ。僕の分は、まぁ……後でコンビニに行って買おうかな。カゴにお米と卵入ったままなのはレジで別会計にしてもらえばいいか。あ、卵かけご飯でもいいかも。うん、そうしよう。

って思ってたのに、津路代表はさっさと会計をすませてしまった。別会計で、って僕は言ったのに、かぶせるようにして一緒で、って言われちゃって、レジの人はあっさり津路代表の意見を採用した。どこの誰かもわからない一院生よりも執行部代表を取るのは当然だろうなとは思うけどさ。

津路代表はレジ袋を持ってさっさと店を出て行く。レジ袋が似合わない人っているんだな……って、僕は彼の背中を見ながら全然関係ないことを考えた。

「あのっ、お金」

財布を出そうとしたら、手で押さえるようにして止められてしまう。

大きな手だ。指が長くて節くれ立ってて、こんなところまで男らしくてきれいなんて狡《ずる》い。それに比べて僕の手なんかいかにも頼りない。

あれ？　もしかして、いま手を握られてる状態？

「っ……」

我に返って手を引いたら、ものすごく不満そうな顔された。あの、いちいち行動とか表情とかだけで表すのはやめてもらえませんか。もっとしゃべってください。

そんな僕の願いも虚《むな》しく、津路代表は無言のまま僕にレジ袋を押しつけて、あっという間にどこかへ行ってしまった。中央ビルとは反対方向だった。

結局あの人、自分のものなにも買ってなかったよね。

「どうしよう……これ……」

理由もなく高いお弁当買ってもらっちゃった。米と卵も。

返したいけど、僕が唖然《あぜん》としてるあいだにいなくなっちゃったし、部屋も知らないし、そもそもこれ返しに部屋に行ったら本末転倒《ほんまつ》だし。

あ、誰かに付いていってもらう？　誰かって、翔太くんしかいないよね。事情話して、部屋まで一緒に……って、それもなんだか変な感じ。部屋番号は訊けばわかるだろうけど……いやでも個人情報だ。安佐間さんは知ってるかもしれないけど、そうなるとあの人に説明しなきゃいけないし。

いいや、もう。食べちゃえ。それでお金は今度、執行部にお使い頼まれたときにでも返せばいいや。

痛い出費だけど、仕方ない。

とりあえず納得して、まっすぐ部屋に帰った。

豪華なお弁当は、期待通りかなり美味しかった。


「どーゆーことだっ！」

「はい？」

翌朝——って言っても講義受けてからだから十一時過ぎに事務室に行ったら、顔を見るなり詰め寄られた。もちろん安佐間さんだ。僕はぽかんと口を開けてしまった。

初対面のときはあんなに怖いと思った安佐間さんだけど、僕は早くも慣れてしまったらしい。根本には気遣《きづか》いみたいのがあるってわかったしね。

あと安佐間さんってわりと常識人だ。トップ三人のうちで一番まともなのは、この人かも。

「スーパーで津路のクソ野郎とカスに奪い合いされてたって？」

「は……？」

いやいや。なんかもう突っ込みどころしかなくて、開いた口が塞《ふさ》がらない。北里議長のことは「カス」の一言ですませちゃってるし、奪い合いなんてされてないし、そもそもなんでそれを安佐間さんが知ってるんだろう?

「すげぇ噂だぞ。駆け巡ってんぞ」

駆け巡るという言葉にぎょっとした。確かに目撃者は複数いたし、目立つことをした……というかされたっていう自覚はあるけど……。

「あの……別に奪い合いはされてません」

「クソ野郎にお持ち帰りされたってのは?」

「されてません!」

なんでそうなる。確かに一緒に店を出て行ったけども、前で別れたし。あ……でもずっと店のなかにいたら、わからないか。

「手を握られて見つめあってた……ってのは?」

「それは……」

「事実かよ!」

「いやあの……状況としてはそうだったんですけど、意味が違ってて……」

「どんな意味があるってんだよ」

僕らのまわりには、事務室にいた全員が集まってきてる。みなさん、仕事はいいんですか。安佐間さんも注意しないんですか。

　なんでそんなに関心があるのか知らないけど、根掘り葉掘り聞かれて、僕はスーパーでのできごとを洗いざらい吐くはめになった。途中で茶々を入れてくるから、ずいぶん時間がかかってしまった。

　ついでにスーパーの支払いのことも相談しよう。

「それで、これか」

　ほら、と向けられたタブレットには、見つめあう僕と津路代表の写真が……。

　気が遠くなりそう。なにそれ、事実を知ってる僕から見ても雰囲気があやしいんだけど。むしろ背景がスーパーってところがシュールなんだけど。

「別角度もある」

「いや、あの……もういいです」

「ゲス野郎とのスリーショットもあるぞ」

　いいって言ってるのに無理矢理見せられた写真は、これも微妙な出来だった。挑発的な表情を送る北里議長と、真っ向から対峙《たいじ》してる津路代表――。で、あいだには僕。困った顔はしてるんだけど、それがまた変な具合で……。

「あれだよな。『わたしのために争わないで』みたいな」

「やめてくださいーっ」

　本当にそうとしか見えなくなるからやめて。自分ですらそうなんだから、事情を知らない他人がどう思うかなんて推《お》して知るべし、だ。

「まぁまぁ、委員長。それくらいにしてあげて」

「そうだな。で、おまえはその弁当を食っちまったわけだな」

「もったいないと思って。あのでも、お金は後で返すつもりです」

「わかった、弁当代は俺が出してやる。米と卵もか」

「え……」

「誰か、いますぐ持ってけ。その際に、俺が出したってちゃんと言えよ。保護者の断りなしに餌付《えづ》けすんな、とも言っとけ」

いつから安佐間さんは僕の保護者になったんだろう。上司じゃないの？

「じゃあ俺が」

武藤さんがわざわざ行くようなことじゃないのに、お金を受け取るとすぐに行ってしまった。もしかして僕が思ってる以上にマズいことだったんだろうか。執行部のトップに奢られるなんて、しちゃいけなかったんだろうか。

「あ、あのガードの人間として、マズかったですか？」

「ケツ狙われてる身としてマズいだろ」

「……そ、そっち……」

「あのカスはいつものあれとして、津路はマジっぽいな……」

「いや、それはないと思いますけど」

「津路代表が個人的に接触してくるなんて、まずないんだよ。しかも二度も！」

先輩の一人が力説して、安佐間さんも鷹揚《おうよう》に頷いた。

これだけ言うんだから珍しいことには違いないんだろうけど、すぐそれを下心に結びつけるのはどうかと思う。ナンパ男と一緒にするなって言ってたし……あれ、その後でブツブツ言って自己完結してた気がするけど、なんだったんだろう。

あ、電話だ。通報だってわかった瞬間に全員の雰囲気がガラリと変わった。一瞬で仕事モードになった。

「はい、ガードです」

いまは全員仕事をしてないと判断して、電話を受けた先輩が通話をオープンにした。そのほうが説明の手間が省けるって判断したらしい。

『あの、ケンカっていうか、人がボコられてて っ……』

「場所はどこですか？」

『えっと、C区の十一番と十二番のあいだの路地』

院内の住所はわかりやすいように、建物ごとに番号が入ってる。僕はまだ地図を見なきゃわからないけど、先輩たちはそれだけで把握できるらしい。すぐに別の先輩が一斉送信で外にいる人たちに連絡して急行させた。一番近い人たちは現場から二百メートルくらいのところにいたらしい。

「また昼間っからだよ……」

「最近、マジで多いっすよね。昨日なんて、大声で叫んで店のガラス割ったやついたし」

「もう退学でいいよ。謹慎じゃ甘いって」

「だよなぁ、いまからそんなじゃ、社会人になったらどうすんだよって話だよな」

急に津路代表の言葉が浮かんできた。負荷テスト……ってあの人は言ってたよね。こういう騒ぎも想定してるってことなのかなぁ。

「そうは言ってもさ、レイプはシャレにならないよ。ここ一週間で二件だよ」

「共学にしたがらない理由もわかるっていうか、もはやここまで来るとナイスジャッジ、としか言えねー」

どちらも未遂だったけど、逆に言うと未遂だったから訴えてきたとも考えられる。もしかしたら知らないところで事件は起きてて、被害者が泣き寝入りしてることだってあるんだ。これは男だからって関係ないよね。知られたくない、記録に残したくないって人だって当然いるはずだし。

とにかく僕が入る少し前から、院内が荒れ始めたのは間違いないんだ。

「さすがにおかしくねぇか」

「ですよね。特に大きく環境が変わったってわけじゃないですし」

「……もう一回、騒ぎ起こしたやつらに話聞くか。どうもなんか引っかかる」

「でも不審なとこはなかったと思いますよ。っていうか、あいつらみんな酔いが醒《さ》めて真っ青でしたからね」

「そりゃそうだろ。記録に残るんだからな」

問題を起こしたことなんてない優等生ばかりで、これまで規則違反なんてしたことがない人たちが多いらしい。あれかな、そういう人ほどストレス溜めやすいってことなのかな。僕も優等生と言えば優等生だけど……。

ってなにげなく言ったら、鼻で笑われた。安佐間さんに。

「おまえはタイプが違ぇよ」

「どうせエリートじゃないですよ。北里議長にも毛色が違うみたいなこと言われましたよ」

「まぁな。そこは否定しない」

「……浮いてるってことですか？」

「印象に残るってことだよ」

安佐間さんじゃなくて、ほかの先輩がフォローしてくれた。でもようするに悪目立ちするってことだよね？　なんだかへこむ。

「悪い意味じゃないんだよー」

「そうそう」

先輩たちの慰《なぐさ》めも虚しく響いていたところに、早くも武藤さんが帰ってきた。けど入り口のところで困ったような顔をしてる。

「……おまえ、なに連れて来やがった」

「いやぁ……」

面目《めんぼく》ない、って言いながら頭をかいた武藤さんの横から、なぜか津路代表が入って来た。押しのける感じじゃなかったけど、勢い的にそう見えた。

みんな唖然としてる。だってアポなんて入ってないし。

そうしてまっすぐ僕のところに来た。けど、辿り着く前に僕の前には先輩たちが二人立ちはだかって、壁になった。

安佐間さんは大きく頷いてる。とっさの反応に合格点を出してるらしい。

「どけ」

「いやいや、なんの用ですか津路代表」

「小椋海琴に用がある。用は個人的なことだ。仕事には関係ない」

「だったら余計に就業中はダメで……しょ……」

先輩の言葉に、ポーンポーンっていう時計の音が重なる。事務室の時計は正午に鳴るように設定されてるんだ。

津路代表はわずかに笑みを浮かべた。ドヤ顔ってやつだ。

「昼休みだ。問題はないな？」

「う……」

「そいつに言いたいことがあるだけだ」

「なんすか」

「本人の顔を見て直接言わせろ。手は出さない。なんだったら俺がこの場から動かなくてもいい」

僕と津路代表のあいだは、たぶん一メートル半くらいあるし、この場には安佐間さんを始め、武闘派のガーダーが七人もいる。

先輩たちは安佐間さんの顔を見た。

「仕方ねぇから、どいてやれ。早くすませろよ。腹減ってんだ」

「わかった」

安佐間さんの言葉に先輩たちが退くと、津路代表が目の前に現れた。ちょっと距離はあるけど。

「あ……」

僕が座ったままなのも変かなと思って立ち上がる。

「とりあえず昨日の分の金は受け取っておく。理由がないと言われればその通りだからな」

「つーか、おまえはそもそもなんで払ったんだよ」

案の定というか、やっぱり安佐間さんが口を出してきた。僕が質問するより的確だから助かるけども。

「特に理由はない。強《し》いて言うなら、小椋が食いたそうにしてたからだな」

「意味がわからん……いや、わかりたくねぇ……」

「で、一晩考えてみた」

「はぁ……」

津路代表は僕をまっすぐ見つめてくる。

やっぱり格好いいなぁ。なんていうか、僕がこうありたかったっていうものを詰め込んだらこうなりますっていうサンプルみたいな人だ。

「つまり、俺はおまえが好きなんだ。付き合ってくれ」

「………」

思考停止した。代わりにまわりで阿鼻叫喚《あびきょうかん》だ。特に安佐間さんが津路代表につかみかかりそうな勢いで、それを武藤さんが必死に止めてる。

「てめぇ、よくこの状況で告ろうと思ったな！」

「ここが一番早いタイミングだろ。二人きりになろうとしても、認められるとは思えないからな」

「当たり前だ」

「で、返事は？」

マイペースすぎてついていけない。別にムードとか雰囲気とか、そんなの求めてないけど……っていうか、そもそも告白されたかったわけでもないんだけど。

ようやく頭が動き出した。返事、そう返事しなくちゃ。

「断る」

あ……うん、なぜか僕じゃなくて安佐間さんが言っちゃったけど、僕も「ごめんなさい」って言おうとしてたとこだから間違いじゃない。

「あんたには聞いてない」

「本人の口から言われるよりショック小さいかと思って気ぃ遣ってやったんだよ」

「余計な気遣いだな。小椋、おまえの口から言え」

とても告白の返事を促《うなが》してるように聞こえないんだけど、言われたことはもっともだから、すっと息を吸って、一息に言うことにした。

「すみません。お気持ちは嬉しいんですが、お付き合いはできません」

「そうか」

「はい」

「今日のところは帰る。気が変わるまで待つからそのつもりでいてくれ」

はい？　いやあの……これで終わりじゃないんですか……？

来たときと同じように、津路代表はさっと帰って行っちゃったけど、残された僕たちは啞然としたまんまだ。ただ一人、安佐間さんだけが、塩を撒《ま》けって言ってる。

「あいつマジで告ってきやがった」

「……ですね。やっぱ本気だったんですね」

「じゃないかと思ったんすよ。ある意味、男らしいっすよね。こんだけ人がいる前で告白して、断られても再チャレンジを宣言して去って行くとか」

「まぁね。俺には出来ないわ」

武藤さんも苦笑いだが、そこにはなんていうか、好意的な雰囲気があった。ガードの人たちって、もちろん一番は自分たちのトップなんだけど、津路代表のことも認めてる人が多い。翔太くんみたいな感じでね。だからなんだろうな。

「よし、これから海琴は一人歩き禁止だ」

「ええっ？」

「最近荒れてるってのもあるが、津路から守る意味もプラスな」

「いやでも委員長、さすがにそれは野暮《やぼ》ってもんじゃないですか。仕事が絡まないんだったら、恋愛は自由っていうかさ」

「いいんだよ。ちょっとは妨害しないと、こいつあっという間に落ちるぞ」

「ちょっ……決めつけないでください！」

確かに津路代表にはどっちかっていうと好意を抱いてるけど、別に恋愛感情じゃないし。そうでなくてもあの人の告白に頷く気はなかった。

だってあんな人が僕のこと好きになったりするわけないじゃないか。

安佐間さんは黙り込んだ僕のことをじっと見てたけど、結局なにも言わずに仕事に戻っていった。

さっきの方針を撤回する気はないみたいで、僕と行動する人の選抜とローテーションを考えるのは忘れなかったみたいだけど。

じゃんけんで負けた二人――ただし安佐間さんと僕を除く――が買い出しに行って、今日はみんなでコンビニで買ってきたおにぎりとかお弁当とかカップ麺を食べた。僕が外されたのは、渦中の人だから、らしい。

それから午後一で戻って来た翔太くんに詰め寄られて、同じ説明と追加でさっきの告白騒ぎを言うはめになって、翔太くんが僕付きのローテーションのメインを埋めることが決定した。

これは時間の問題だな、って誰かが言った。

その言葉は何時間もたたないうちに証明されて、事務室はピリピリムードになってしまった。

電話がね、かかってきたんだ。なんと僕宛てに。かけてきたのはゴシップ記事が大好きな院内メディアグループ・SSジャーナルの記者で、曰く「そちらの新人、小椋海琴くんにインタビューを申し込みたいんですけど」だった。もちろん津路代表と北里議長絡みのあの話で。

しかも「いまから小椋くん中心の記事を一斉送信するので」なんて、語尾を弾ませて言ったものだから、安佐間さんがこめかみに青筋立てちゃって大変だった。

「恥ずかしい……」

なんでこんな芸能人みたいな扱いされなきゃいけないんだろう……だって僕は普通の学生で、ここに来てまだ一週間もたってない新人で、本当だったらここにいる人たちくらいしか知らないはずの人間なのに。

机に突っ伏してぶつぶつ言ってたら、ぽんっと肩を叩かれた。

誰かと思ったら安佐間さんだった。

「とりあえず取材は全部断っといた」

「……複数あったんですか？」

「個人も含めれば、五つ」

笑顔が怖いです。すみません、本当に。必要のないことでいろいろと煩《わずら》わせて……ガードの通常業務に支障を来《きた》してるよね、絶対。だって翔太くんが僕に付いてるってだけで、現場班が一人減るってことだし。

なるべく外へ出ないようにしよう、って思ったんだけど、それはいくらなんでも不健康だからやめろと言われてしまった。

「慣れろ。どうせ最初のうちだけだ。すぐに飽きるだろ」

「そ、そうですね」

「おまえの写真で、仮性ホモが大量に引っかかりそうだけどな」

「安佐間さーん……」

上げて落とす！　この人は本当に優しいんだか意地悪なんだか……。たぶん両方なんだろうなぁ。基本優しいけど、問題ないって思う範囲でめいっぱい弄《いじ》って遊びたい人なんだ。

「一躍時の人だな。なんたって、院のトップスリーのうち二人に『口説かれて』るし、俺の『お気に入り』だし」

「絡んできてる人たちがすごすぎるんだ……」

「喜べよ。可愛いって評判らしいぞ」

「嬉しくないです」

「噂の小椋くんを現場に寄越してくれって要望まで来てるってさ。もちろん内勤だからって断ったけどな」

安佐間さんの意地悪はじわじわ続いてたらしい。

これは八つ当たり……じゃない、正当な憂《う》さ晴らしだ。だって原因は僕だし。なんかね、電話中に記事メールを送信されたのがよっぽど腹立たしかったみたい。向こうとしては、記事を差し止められないように、依頼と同時にしたらしいけど。

ちなみに続報によると、津路代表はノーコメントを貫いてるらしい。プライベートで取材を受けるつもりはないと、就任したときにはっきり宣言してたらしいよ。

一方の北里議長は、反対にどんな取材でも受ける方針らしくて、今回も二つ返事でＯＫ。かなり軽いコメントを出してた。本気かという質問には「いつも本気だよ」で、僕のことは「可愛いよね」だって。ちなみに津路代表がライバルってことに関しては、「強敵だよね」なんて言ったみたいだけど、絶対思ってないよね。

で、我らが安佐間委員長は、記事自体を真っ向否定した。北里議長は「いつもの病気」「ちょっと見た目が好みなら誰にだってやる」と断じたし、津路代表の行動に関しては「引き抜きだ」って言い切った。うわぁ、嘘八百。あっちがノーコメントなのをいいことに——というか、それを知っててそんなこと言うなんて、それはそれで僕がつらいんだけど。だって代表自ら引き抜きに動くような新人って、それは何者なのって話だよ。

「一応、両方に抗議の電話をしとくか」

そう言って電話をかけに行ったはいいけど、聞こえてきたのは罵詈雑言《ばりぞうごん》の嵐だった……。最初の相手は北里議長で、聞くに堪えない下ネタまであったよ。けど安佐間さんって罵《ののし》りはするけど「死ね」とか「殺す」系の言葉は使わないんだよね。三日目あたりで気がついて先輩に言ったら、実はそうなんだって肯定された。なんかあの人なりのポリシーらしい。

最後に安佐間さんはチッて大きな舌打ちして電話を切った。次は津路代表。テンションはさっきより抑《おさ》えめだし、悪態はついてるけど罵詈雑言ってほどでもなかった。むしろ理路整然と、こちらの迷惑について訴えてる。

「いいか、うちの海琴にはもう近付くな。はぁ？　ざけんな、てめぇ。現状わかってて言ってんだろうなぁ？　あー？　責任だ？　いらねぇよ、そんなもん」

責任って、あの人なにを言い出したんだろう。気になってデータの打ち込みが出来ないじゃないか。手が止まってるのは僕だけじゃないみたいだけど。

「津路代表、引かねぇみたいだな」

今日は内勤の翔太くんが、こそっと耳打ちしてきた。ガードの人たちは完全外まわりって人はあんまりいなくて、持ちまわりで事務室に詰めることになってる。今日はたまたま翔太くんがその役目で、僕のお守《も》りとしているわけじゃない。

「だから人目に付くとこで声かけんなって言ってんだよ。は？　ダメに決まってんだろ。危なくて二人きりになんかさせられるか」

なんだか安佐間さんが自分の親みたいに思えてきた。お母さん？　お父さんかも。

「委員長、楽しそー」

「やっぱり？」

「うん。なんだかんだ言って、津路代表って隙がないっていうか、突っつくネタがなかったからさ、ここぞって感じ」

「あ、終わった」

電話を切って、ふーっと大息ついてる。それからちょっと考えて、わざわざ僕らの席の近くまでやってきた。

「あいつ、聞く耳を持ちゃしねぇ」

「マジなんすね」

「意固地になってるんでしょうか」

あんなに格好いい人だったら、断られたことなんてないだろう。もしかしたら自分から行かなくても、常に相手から寄ってきてたかもしれない。だとしたら断った僕に対して固執《こしつ》しても不思議じゃないと思うんだ。プライドだってあるだろうし。

「相変わらずのテンションだけどな。なんか、付き添いありでもいいからメシ食おうって言ってたぞ。どうする？」

「付き添いって……」

思わず翔太くんを見たら、ぶんぶん首を横に振られた。嫌なの？　なんで？　津路代表のこと尊敬してるって言ってたのに。

じゃあ安佐間さん……と思ったけど、静かに食べるのは無理っぽいし……。

「誰かいます？」

「って、あいつとメシ食うのはいいのか」

「あ……断った人とご飯食べるのって変ですよね」

そういう曖昧《あいまい》な態度はよくないし、不誠実じゃないだろうか。津路代表が一人でまたいい加減な食事するのかと思うと、気になってしょうがないけど……。

「向こうが諦めたくないって言うんだから、別に気にすることないんじゃねぇの。むしろ断ったら、チャンス潰されてるって思うかもな」

「安佐間さんって、頭っから反対ってわけじゃないんすね」

「だからこいつの気持ち一つだっての。あ、でもあのゲス野郎だけはなし。あいつがいいとか言い出したら全力で阻止する。あんなの不幸になるだけだ」

個人的感情で言ってるわけじゃなくて、一応僕のことも考えてくれてるらしい。うん、安佐間さんってほんと保護者だ。

「気持ちって、はっきり断りましたよね。こいつ」

「そうだな。で、実のところおまえはどう思ってんだ？」

安佐間さんがじっと僕を見る。実は、ってどういう意味なのかわからない。もしかして本心じゃないとか思われてる？　それとも津路代表くらいの人に告白されたら頷いちゃうのがここでの常識だったりするんだろうか。

「えーと……困るなぁ、と」

「困るだけか。嫌だとか気持ち悪いとかは？」

「それは別にないですけど」

「ねぇのかよ。だっておまえ、男どもに迫られて引いてたよな？」

「それはナチュラルに口説いてきたからですよ。男同士って、もっとこう……人目を憚《はばか》ってなんとかするものだと思ってたから」

オープン過ぎて引いちゃったんだって説明したら納得された。ついでに自分がいかに毒されてたか自覚したって呟いて、安佐間さんはちょっと遠い目をした。ちなみに毒されてたって表現したのも安佐間さんだ。ほかの人たちも、同じように我に返ってた。

「結局、おまえ男ありなのか？　なしか？」

「あるかないかで言えば、ありだと思います」

途端にガタッとかガチャンとかいう音が聞こえた。びっくりして見たら、先輩たちが三人くらい立ち上がってて、目を輝かせてこっちを見てた。

怖い。心なしか鼻息が荒い。

「喜ぶなバカども。少なくともおまえらはねぇから座れ」

「ひでぇっ委員長！」

「可能性はあるってことじゃん。俺、誠実だよ。優しいよっ？」

「うるせぇ黙れアホ。で？　ありって思った根拠は？」

「うーん……」

どうしようかな。別に絶対隠しておきたいことでもないから、言っちゃおうか。適当な答えなんて考えつかないし、ここでなら異端扱いもされないだろうし。うん。

「根拠というか……その、高校のときにお付き合いしてた人が男の人だったんです」

「……マジか」

あれ、みんなびっくりしてる。そんな意外だったかな？　ここでならともかく、外で男同士っていうのは驚くことなのかも。

「じゃあ海琴ちゃんって非処女っ？」

「いやでもそれならそれでっ……」

「そういう経験はないですっ！」

ここはちゃんと主張しておく。なんとなくそうしたかった。童貞か非童貞かならともかく、後ろのことは経験ないほうがいいに決まってるよね。

先輩たちが嬉しそうに、ぱーっと笑顔になってて、ちょっと引いた。

安佐間さんは怪訝そうな顔してるけど、別に付きあったら必ずセックスするってわけじゃないと思います。まして高校生で、男同士なんだから。ああでも、ここの常識だと違うのかな。成人してる人が多いから、それはあるかも。あと男同士に対して寛容なせいもあるのかな。コンドームの密輸と密売があるくらいだし。

「おい、彼氏いたんじゃねぇのかよ」

「いましたけど、そこまではしなかったので」

「ああ？　プラトニックかよ。キスも？」

「それは、まぁ一応……」

でもそれだって数えるほどしかなかった。付きあってた三ヵ月のあいだに、たぶん両方の手で足りる程度。可愛い付き合いだって思われるかな。でもそんなんじゃなかった。告白されて僕がOKして、じゃあ恋人だなって言われたのは確かだけど、いまとなってはそんな言葉がなんの意味もなかったことを知ってるから。

ただ僕があのとき同性に告白されて、なんだかんだで絆《ほだ》されて頷いたことは間違いない。キスも嫌じゃなかった。最初は絆されて付きあったのが、だんだん本気になって、ダメになる頃には完全に好きになってたのも事実。だから同性愛に抵抗はないんだ。

「あんまりよくない恋愛だったのか？」

「そうですね。なかったことにしたいくらいには」

「相手が男だから黒歴史にしたいのか？　それとも、その男だから？」

「相手の問題です」

「ＤＶか」

「違います」

「じゃあ浮気か」

「うーん、そもそも向こうが本気じゃなかったというか……」

「はあっ？」

ドスのきいた声に驚いて、びくっとなってしまった。安佐間さんの顔が怖い。この人って身内にはとことん甘い人だったんだなぁ。

なんだか少し嬉しくなる。

「なに笑ってんだ」

「なんでもないです。別にあの、もう終わったことですから。さっきキスだけって言ったのも、本気じゃないからそこまでしか出来なかったっていうのが正解なんです」

「ああ、いざやろうとしたら我に返ったパターンか」

違うけど、否定したらまたややこしい説明しなきゃいけないから黙ってた。ほんと、あんまり気持ちのいい話じゃないから、深いとこまではしたくないんだ。

ちょうど五時だ。僕のせいで今日は仕事にならなかったけど、急ぎの書類もないし、これで解散っていうことになった。

あ、着信だ。誰だろう、知らない番号が表示されてる。無視しようかと思ったけど、別に出るくらいはいいか。

「出ていいですか？」

「仕事は終わってんだから別にいいぞ」

安佐間さんはくるっと背中を向けて自分のデスクに戻っていく。横目に見ながらボタンを押して、一応名乗らずに出てみると、一瞬の間があった。

『小椋か』

じわっと耳に染みこんでくるような声は、気のせいじゃなければ津路代表のものだった。機械を通してるからほんの少しだけ違って聞こえるけど、ものすごくいい声ってことには変わりなくて、むしろ耳に近くてぞくぞくした。

ヤバい、顔が赤くなりそう。

『小椋？』

「は……はい」

慌てて下を向いて、必死で顔を隠す。けど隣には翔太くんがいるし、少し離れたところには安佐間さんも来てる。とてもごまかせる気がしなかった。

僕の異変に気付いたらしい安佐間さんが戻って来て目の前でしゃがみこんだ。下から顔を覗かれて、ばっちり目があってしまった。

『仕事は終わったか？』

「え、あ……はい、終わりました」

「まさか津路か？」

やっぱりバレた。肯定はしなかったんだけど、顔でわかったらしくて、安佐間さんは小さく舌打ちした。翔太くんもそれを聞いて、なにかぶつぶつ言い始めた。ほかの先輩たちも聞こえたらしくてざわざわしてる。

『いまから行く。そのまま切らずに待ってろ』

「え、ええっ……？」

切っちゃだめなの？　っていうか拒否権なし？　強引な人だとは思ってたけど、なんかもう本当にぐいぐい来るなぁ。

そういえば僕の番号、どうして知ってるんだろう。

「どうした？　なんて言ってる？」

「あ……あの、いまから来るそうです」

「マジで諦めてねぇな……」

「すげー、押しの一手だ」

「あの、逃げないので切ってもいいですか？」

会話もないのに回線だけ繋がってるっていうのも妙な感じだし、こっちの会話が筒抜けなのもちょっと間抜けだよね。

『逃げないんだな？』

「はい」

『食事も？』

「それはまた別問題です」

『だったら口説くまでだな。電話を切らないってことは、俺のことが嫌いってわけじゃないんだろ？』

「嫌いじゃないですよ。だからって好きでもないです」

ここはきっぱり言っておく。期待を持たせるようなことを言うのはよくないし、もしもの話もしないよ。

気になるのは確かだよ。好きって言われて、また浮かれそうになってるのも自覚してる。けど、それ以上に怖いんだ。

「興味もないか？」

声は二重になって聞こえた。はっとして振り返ったら、スマフォを耳に当てたまま津路代表が入って来たところだった。

予告されてたのに、ちょっと驚いてしまった。なにも聞いてないみんなは唖然としてる。安佐間さんは舌打ちしてたけど。

目があってからようやく通話が切れて、僕も耳からスマフォを離した。

「よその部署に入って来るのに、挨拶もなしかよ」

「失礼する」

「遅ぇっつーの」

安佐間さんは相変わらずだけど、就業時間外ってことで文句を言うつもりはないみたいだ。自分だってアポなし挨拶なしで訪問してるって自覚はあるらしい。

それにしても、昼休みとか時間外を待って連絡したり来たりするあたり、津路代表って真面目なんだなって思う。あ、昼はフライングだったけど。

「で、俺に興味ゼロか？」

訊き方が狡いっていうかうまいよね。興味あるかって訊かれたら否定するだろうし、ないかって訊かれたら「あんまりない」みたいな返しをしたんだと思うけど、ゼロかって言われたら、そこはやっぱり違うとしか答えようがない。わかってて言ってるんだろうなぁ。

「ゼロではないです」

嘘はつきたくないから、ちゃんとそう言った。目の前にいられると落ち着かなくなるくらいには意識しちゃってるんだよ。

「とりあえず一緒にメシ食ってくれないか？」

ああやっぱりこの人わかってて言ってる。絶対そうだよ。だって「食え」でも「食おう」でもなくて、この言い方！　断ったらまた一人で、あのボソボソしたやつ食べるんだろうなって思ったら、断りづらいじゃないか。

「……翔太くんが、一緒でいいなら」

「ああ」

「ええっ！」

鷹揚に頷いた津路代表だったけど、ほぼ同時に叫んだ翔太くんのせいで、声自体はほとんど聞こえなかった。声デカい……。

翔太くんはかなり動揺してる。一度同席してるんだから、そんなにあわあわすることないのに。あ、尊敬してる人だからか。そうか。

「無理なら……」

「行く、行きます！」

かぶせるように、かなり食い気味に言った翔太くんは、なぜかいかにも気が乗らなそう。たぶん安佐間さんがプレッシャーかけたんだろうな。僕からは見えなかったけど。

「おい、ちゃんと返せよ」

「わかってる。ここに六時半で」

さらさらっと書いたメモを渡して、津路代表はいったん僕らと別れた。走り書きして、ビッとメモを切り取るしぐさも決まってた。なんでもないことなのにね。しかも自然なんだよ。かっこつけてる感じじゃない。

メモを持ってぼーっとしてたら、後ろから肩を叩かれた。

「ふーん。そこなら個室があるな」

「別々に入れば、ってことでしょうかね」

「おまけもいるしな。おい、翔太。しっかり目ぇ配れよ。撮られんな」

「はいっ」

翔太くんはビシッと敬礼した。なんていうか、忠犬って言葉がぴったりだ。言ったら失礼かなと思うから言わないけど。

「あと、遠慮なく食って来い。痛むのはあいつの懐《ふところ》だからな」

「うす！」

結局時間ギリギリまで、なぜか先輩たちからいろいろとレクチャーされた。津路代表と並んで座らないこと、理由をつけて翔太くんを遠ざけようとしても拒否すること、次の約束を取り付けようとしてきても曖昧にごまかして具体的には決めないこと……とか、ほかにもいくつか言われた。

なんだかそこまでしなくても、って思ったけど、言い出せない雰囲気だった。先輩たち、ものすごく真剣だったし。

もしかして僕が津路代表と話題になることって、ガードにとって問題なのかな。いやでも、だったらそう言うよね。安佐間さんって、そういうことは黙ってない人だろうし。うん、やっぱりこれは単純に心配されてるんだな。僕が流されやすそうに見えてるのかもしれない。まぁ実際、流されて痛い目を見たことあるから、そう思われたとしても仕方ない。

指定された店はここから五分くらいだっていうから、十分くらい前に事務室を出ることにした。

仕事はとっくに終わってたのに、みんな居残りしてたよ。僕らと入れ替わりに、買い出し班が夕ご飯を持って戻って来たから、あのままみんなで食べるんだろうけど。

ガードって仲いいよね。

「ほかのところは、どうなんだろ……？　仲いいのかな？」

「いやー、うちだけだと思う。やっぱそういうのって、トップの雰囲気によるんじゃねぇのかなぁ。うちはほら、ああだから」

「ああ……うん。兄貴肌っていうか、姉御肌？」

「おまっ……」

翔太くんが噎《む》せた。前から思ってたことだから、翔太くん相手ならいいかと思って言ってみたら、かわいそうなほど咳《せ》き込んでる。身体を折って苦しそうで、すっかり涙目だ。

ようやく咳《せき》が止まっても、すぐに言葉は出てこなかった。代わりに僕の顔を、信じられないものを見るような目で見てる。

「いまの、マズかった？」

「あ……姉御はねぇだろ、姉御は」

「内緒にしててね。怒られるのやだし」

「言えねぇよ」

確実にとばっちりが来る、って翔太くんは確信してるらしい。気にはしないだろうけど、笑いながら毒吐いて、なにか罰を食らわせてきそうだよね。

まだ苦しそうにしてる翔太くんと外へ出て、ゆっくり店へ向かう。例の記事のせいか、このあいだよりも人に見られて辟易《へきえき》した。ただ見るんじゃなくて、「あれが……」みたいな感じで、観察するみたいなんだよね。

「変装してくればよかったな」

「それは変だよ」

過剰反応っていうやつだ。この程度のことで変装なんて笑いものになりそうじゃん。芸能人や有名人じゃないんだから。

人通りの多い道の、何店舗か入ってるビルのなかに翔太くんは迷うことなく入ってく。このあたりは普段からパトロールしてるから、店の場所とか雰囲気とかを把握してるんだって。

ビルの二階、ちょっと薄暗いビストロが指定された店だ。ドアを開けたら、すぐ同じ年くらいの店員さんが出てきた。

「えーと、待ちあわせで……」

「小椋さまですね。承《うけたまわ》っております」

こちらへどうぞって言われて連れて行かれたのは、安佐間さんが言ってた通り個室だった。途中、誰にも会わなかったのは、この店がそういう造りになってるからなんだろうな。

個室に入ると、もう津路代表が待ってた。偉そうなのに、この人って基本的に人を待たせることをしないよね。すごくきっちりしてる。

「お、お待たせしてすみませんっ」

「いや、早いくらいだ」

テーブルは正方形で意外と小さめだったから、僕と翔太くんが並んで座るっていう形は無理だ。四人がけの一人分が空くっていう形で、津路代表の正面が僕になった。

「二人とも未成年だったな」

「はい」

「ノンアルコールのカクテルがいくつかあるぞ。ようするに、いろいろとブレンドしたジュースってことだ」

メニューを見たら、何種類もそういうのがあった。ベースはグレープフルーツジュースとかジンジャーエールで、そこにフルーツとかハーブとかシロップとか混ぜたものらしい。こういうのって女の人が好きなんじゃないのかな。院内で出して、どれくらい需要があるんだろう。

結局僕は普通にジンジャーエールにした。翔太くんはコーラだ。

「料理はコースにしておいた。足りなかったらアラカルトで追加してくれ」

「コース……」

「カジュアルだから心配するな」

堅苦しいフルコースとはちょっと違うみたいで、決まった料理が前菜からデザートまで順番に出てくるってだけ……って説明されたけど、正直よくわからなかった。ジャンルも無国籍というか、なんでもありの店なんだって。

「よく来るんですか？」

「一度、付き合いでな」

そのわりに堂々として見えるのは、この人の態度とか雰囲気のせいなんだろうな。きっと初めての店でも慣れてるように見えちゃうに違いない。

店の人を呼んでドリンクを注文する様子も堂に入ってる。本当にこれで二十歳なのって疑いたくなるレベル。グラスワインを頼んでたけど、もう何年もワインは嗜《たしな》んでますみたいな顔だよ。ワインとかウィスキーとか、すごく似合う。あ、日本酒なんかも様になりそう。

翔太くんはずっとメニューを見てたかと思ったら、絶対に足りないからって言って、早くも追加のオーダーをしてる。もちろん事前に「いいっすか」なんて言ってた。津路代表のこと尊敬してるって言ってたのに、やっぱり安佐間さんの指示に逆らう気ないんだなぁ。それに思ってたより普通に話しかけてるし。

「ガードを上げて俺を警戒してるって感じか」

店員さんがいなくなると、津路代表はそう言ってふっと笑った。それもレアなのか、翔太くんが食い入るように見てる。

「大事にされてるな」

「というか、危なっかしいと思われてるみたいです」

「それは間違いないな」

「簡単には流されないですよ」

なにしろ前科があるから僕はかなり慎重だし、警戒もしてる。たぶんみんなが思ってるより、しっかり壁とか塀とか作ってるよ。

「長期戦は最初から覚悟してる」

「あの……なんで、僕なんですか？」

そこが一番知りたい。誘いに応じたのは、このためでもあったんだ。

翔太くんは置物みたいにじっとして、相変わらずじっと津路代表を見てる。たぶん観察も役目なんだろうな。まったく気にしてない津路代表ってすごいと思う。

「最初は、俺が気配をつかめないことに興味を持った。あの日、気がつくとおまえのことを考えてたくらいだ」

「そ……そんな大層なことですか？」

「俺にはな。いまにして思えば一目惚れに近かったんだろうな。自覚したのはスーパーで話したときだ。ナンパ男と同じようなものだって気がついた」

それから一晩考えて、あの告白だった……と。結論出したら即実行なんだね。慎重なんだか大胆なんだかわからないよ。

「……それだけ……？」

「顔も好みだし、性格も好きだと思うぞ」

「い、いやそうじゃなくて……」

具体的な問いかけは喉元まで出かかったけど、言う度胸はなかった。失礼かな……とか、不愉快にさせてしまったら……とか、マイナスのことばかり浮かんで来ちゃったからだ。

この人に嫌われたくないし、嫌な思いもさせたくない。断ってる時点で十分そういう思いさせてるって自覚はあるよ。けど、最小限にしたいな、とは思ってる。

「俺からも質問いいか？」

「あ、はい」

「男同士って部分に抵抗はなさそうだと思ったんだが……間違ってるか？」

「いえ」

やっぱりそういうのってわかるんだ。当然か。ダメなら嫌悪感みたいなものが出るだろうしね。実際こうやって、のこのこ食事しに出て来ちゃってるわけだし。生理的に無理とか、津路代表のことが嫌いとかだったら、告白された後でこんなことしないよね。

あれ、もう十分に流されちゃってる。だから先輩たちはあんなに心配したんだな。

「どうした？」

「いや、あの……いまさらですけど、食事ＯＫしちゃったこと反省してます」

「ふーん。後悔じゃなくて反省、か」

なんだかちょっと笑ってるように見えるのは気のせいじゃないはず。聡《さと》い人だから、ニュアンスの違いに気がついたんだ。

不誠実な対応しちゃってるのかなっていう反省なんだよ。申し訳ないなっていうね。僕自身は、ここにいることが嫌でもなんでもなくて、むしろちょっと楽しいかもって思っちゃってるから後悔っていうより反省なんだ。

「俺は来てくれて嬉しいと思ってるけどな」

「津路代表……」

思わずぽつんと呟いたら、ちょっと不満そうな顔された。

「確か安佐間委員長のことは、安佐間さんと呼んでたな？」

「あ……はい、そうですね」

「俺のことも、同じように呼べ」

「え？」

「下の名前でもいいぞ」

「そ、それは無理です」

ものすごい要求をされた。下の名前……って、確か晃雅……晃雅さん？　いやいや、ないない。だって呼ぶ理由っていうか、関係じゃないし。

一人で赤くなってる僕を、翔太くんが怪訝そうに見てた。

「津路さん……で、いいですか？」

「ああ」

うわ、なんか嬉しそう。それだけでもうすごい破壊力だ。美形って狡いな、ちょっとそんな顔しただけで、こっちの心拍数上げてくる。翔太くんだって目が泳いでるよ。きっと僕と同じ気持ちなんだろうな。

そうこうしてるあいだにドリンクが運ばれてきた。ジンジャーエールはちょっと辛めでショウガの香りがすごい。さすが自家製。

次に運ばれてきた前菜は、野菜と豚肉を使ったテリーヌだって。切り口、超きれい。男しかいない院内の店なのに、いちいち女性客を意識した感じがする。あ、でも美味しい。

「なんつーか……デート向きの店っすね」

僕が言いたいことを翔太くんが言ってくれた。そろそろ黙ってるのに耐えられなくなったのかな。

「デートのつもりだからな」

「え……」

「すげぇ押しますね、代表」

「そうでもしないと落ちてくれないだろ」

しれっと答えてワイン飲んでる。くそう、やっぱり格好いい。なんで二十歳やそこらで、ワイングラス傾ける姿がそんなに決まってるんだよ。

「もっと男性向きのがっつりしたところばっかりだと思ってました」

「外へ出たときの修行というか、シミュレーションも多いからな」

「あ、そっか」

「ここでもそれなりに需要はあるんですよね」

院内にはカップルもそこそこいるらしいけど、やっぱり男女のカップルとは違うから、こういうところでデートするような人たちはそんなにいないらしい。代わりにここは、プライバシー重視を売りにして固定客をゲットしてるんだって。

「柳……だったな」

「は、はいっ」

「単刀直入に訊くが、おまえは俺のライバルか？」

「とんでもないっす！」

ここへ来て一番声を張ったよ。ちょっと食い気味に否定したし、顔が真剣っていうか、必死というか、顔色が悪いというか。

「そうか」

「そ、そうです」

「でも邪魔はするんだろう？」

「委員長の命令ですっ」

「だったら仕方ないな」

「し、仕方ねぇんです。すみませんっ」

なんだろう、この会話。翔太くんって一人で……っていうか、僕と二人でいるときは頼りがいのある好青年って感じで、ガーダーとしても院生たちにプレッシャー与えられるような人なのに、安佐間さんとか津路さんを前にすると台無しだよね。安佐間さん相手だと忠犬で、津路さんが相手だと尻尾《しっぽ》を巻いてきゅんきゅん鳴いてるイメージ。

あと津路さんも、僕のときとは威圧感みたいなものが違う気がする。

翔太くんは自分が完全な異性愛者だってことを力説し始めた。僕のことは友達として好きだけど、それ以外の好意になることはないって断言してる。

「もちろん海琴がいいって言うなら、俺は邪魔しないっす。応援します……！」

応援まで言っちゃっていいんだろうか。安佐間さんも僕の意思は尊重するみたいなこと言ってたから、いいのかな。いやでも応援はどうなんだろう？

翔太くん、かなりテンパッてる。もしかしたら自分がなにを言ってるのか、よくわかってない状態なのかも。

結局翔太くんは最後まで変なテンションが抜けなかった。ガツガツ食べてたけど、ちゃんと味わえてたのかは微妙だ。津路さんはそんな翔太くんをのけ者にすることなく、三人で話をしようとしてくれて、なんていうか……かなり好印象だった。

ちょっと変わったとこはあるし、偉そうなところもあるけど、まともな人だよね。出来た人っていうか。デートのつもりで誘った食事に付き添いが来ちゃっても、邪険に扱ったりしないんもんな。牽《けん》制《せい》みたいなことしてたのは仕方ないよね。

翔太くんも少しずつ固さが取れてきたみたいだ。安佐間さんと同じくらいには話せるようになってる。

「そういえば……僕の番号ってどうやって知ったんですか？」

「ノーコメント。ちなみにアドレスも知ってる」

「いやいや、それはちょっとマズいっす。個人情報タダ漏れじゃないっすか」

「今回だけだ。見逃せ」

薄く笑いながら言われると、なぜかそれ以上なにも言えなくなる。僕だけじゃないみたいで、翔太くんも、ぐっと言葉を呑《の》み込んでる。

どうするんだ、って訊くみたいにこっちを見たから、曖昧に笑っておいた。

気分的にはダメじゃないけど、立場的にはダメだから、ここは聞かなかったことにしようと思った。

翔太くんもわかったみたいで、なにもなかったようにもぐもぐと食べ始める。

そのまま三人で話しながら食べて、店を出る頃には二時間近くたってた。もちろん来たときと同じく別行動で、僕らが先に出ていく形になった。津路さんはあと三十分くらいしたら、裏口使わせてもらって出て行くそうだ。

なんか気を遣わせちゃって申し訳ないな。

「美味かったな」

「うん」

「意外だったけど……あ、やっぱいるな。海琴、なるべくこっち向いてろ。たぶん写真撮られるけど、顔写させんな」

「わかった」

言われた通りに翔太くんに顔を向けて、少し早足に歩いてく。翔太くんが言うには、僕の顔は写ってないはず、らしい。

中央ビルまで五分。急いで戻ろうとしてたら翔太くんが険しい顔になった。

「行くぞ」

手をつかんで引っ張られたと思ったら、後ろから声がした。それでも立ち止まりも振り向きもしなかったら、慌てて追いかけてくる気配と——。

「待って待って、小椋海琴くんだよね？」

なるほど、例のあれだ。ＳＳジャーナルとかいう。無視してたけど、全力疾走で追いつかれちゃって、行く手を阻《はば》まれた。

「話、聞かせてくれないかな。もしかしてさっきまで、津路代表と会ってなかった？」

「無視しろよ。なにも言わなくていいからな」

「うん」

翔太くんは険しい顔で、記者さんを睨んでる。いかにも番犬って感じで、これが本来のガーダーのイメージなんだよね。

「実際のところどういう関係なの？」

「あのさー、こういうのって違反じゃん。わかってんだろ？　うちの委員長に報告するからな。あとねつ造も評価に響くから注意したほうがいいんじゃね？」

僕らは学生なわけだから、こういうのは度が過ぎると成績に響くらしい。そのへんは承知してるらしく、舌打ちしながらも記者さんは引き下がった。

ときどき本来の目的とかラインを忘れたり踏み越えちゃったりする人たちが出るらしくて、それを正すのもガードの役目だって聞いてる。商業部門だと利益や集客を上げることが成績に繋がるからって、逸脱《いつだつ》行為に走っちゃったりね。いまの記者さんもその口みたいだ。

「ありがと。助かった」

「予想の範囲だな。津路代表のネタは人気あるらしいから」

「そうなんだ？」

「うん、普段ネタがねぇからさ。その点、北里議長はネタの宝庫で、みんなもう飽きてんじゃねぇのかな」

「ああ……」

想像がしやすいっていうか、手に取るようにわかる。でもそれだってあの人の手かもしれないよね。普段からそうやってゴシップを大量生産してたら、いざ本命が出来たとしても紛《まぎ》れてわからなくなりそうだし。

そのまま僕は部屋まで送ってもらって翔太くんと別れた。報告はしてくれるって言うから、僕は津路さんにお礼のメールを打つことにした。

本当にただのお礼だけだ。余計なことはいっさい書かなかった。

返事はすぐ返ってきた。「こちらこそ楽しかった。来てくれてありがとう。おやすみ」なんて、箇条書きみたいな文章だったけど。


あくまで疑惑っていう形で、僕が津路さんと食事をしたことはすぐに例のグループによって配信された。一応、友人を交えて……みたいなことが書いてあったから、ねつ造はしてないんだろうけど、安佐間さんはご立腹だ。

「ギリギリセーフだな」

「可能性、って感じで止めてますもんね」

「そこが腹立つんだよ。やらかしてくれたら全力で潰してやるのにな」

固く握りしめられた拳《こぶし》がちょっと怖い。声も言い方も爽《さわ》やかだから余計に。

でも今回は津路さんにクレームを入れないって聞いてほっとした。かなり気を遣ってくれてたもんね。翔太くんもしっかりそのあたりは報告してくれたみたいだ。

「委員長！」

勢いよく入ってきたのは、別室でとある院生の事情聴取をしてた先輩だった。昨夜遅くに、交通事故やらかして留置されてた人らしい。

院内では車の利用は一部の役職の人たちだけに制限されてる。バイクも外出用としてはありだけど、なかでは乗りまわしちゃいけないことになってて、代わりに院生の足になってるのが自転車だ。昨夜はその自転車と通行人の接触があって、通行人が骨折したんだ。

それだけでも大騒ぎなのに、自転車に乗ってたほうがまた問題だった。目がいっちゃってて、支離《しり》滅裂《めつれつ》。酒に酔ってるっていうよりも、ヤバいクスリをやってるって感じだったらしい。で、朝になってから尋問することにしたんだって。

「ちょっとマズいことに……」

「なんだ？」

安佐間さんの雰囲気がピリッと締まる。美人度が三割増しになって、事務室にいるガーダーのなかには、うっとり見つめてる人もいた。

「知らないやつから、クスリ買って飲んだって言ってます」

「ドラッグか？　ハーブか？」

「錠剤らしいです」

「最近の暴行事件、それっぽい状態だったやつをもう一回締め上げて来い。外まわりのやつらも動かせよ」

「はーい」

わらわらと何人も出て行って、事務室には僕と安佐間さんと、連絡係のもう一人しかいなくなってしまった。誰がどこへ行くか決めたから動くんじゃなくて、動きながら指示受けることになってて、僕はデータベースから該当者をピックアップして先輩にまわして、先輩が各自に指示を出した。

十数分後、第一報が舞い込んできた。

「ドラッグは否定、と。でも酔い方が普段と違ってたっていうのは、前の証言と変わらず？　うん、じゃ次ね」

報告は続々と入ってきて、先輩一人では間に合わないから僕と安佐間さんも電話を受けることになった。

そうやって約二十件分が集まったのは二時間後。それをまとめて、騒動の発生順に並べてみる。何人か戻って来てるから、全員で顔を突きあわせて意見を交換することになった。

「最初のほうは、たぶんマジで買ったりしてないっすよ」

「自分もそう思います。何人かに聞いてみたんですけど、昨日あたりからクスリが手に入るみたいな噂が出てきたらしいです」

「昨日？」

「はい。昨日初めて聞いた、ってやつが三人いました。それより早いのはないと思うんですが」

話を聞きながらリアルタイムで報告を集めてる先輩が、さっと手を挙げた。

「やっぱ昨日の夜あたりから、ちらほら出まわり始めたみたいですね。Ｄ地区担当からもその情報入ってきました」

「おとといより前の連中に、共通点ないかチェック。飲んだ店、一緒に飲んだやつ、できれば隣の席のやつもだ」

安佐間さんの指示に、またみんなが動き始める。僕もデータと睨めっこだ。

「とりあえず執行部にはまわしとくか。色ぼけしてなきゃ、クソ野郎が上に報告すんだろ」

「シャレにならないですよね」

「入って来ても不思議じゃないけどな。一万人もいれば、バカが一定数いるのも仕方ない。ストレス溜め込んで爆発しちまうやつもな」

ここへ来てまだ数日だけど、来る前に思ってたところとは違うのがよくわかった。当然だけど、いいとこばかりアピールされてたし。

「これ、また大量に退学者出ますかね」

「出るだろうな。脱法だか合法だか知らねぇが、ここでは間違いなく一発アウトだ。知らずに飲んだってパターンはともかく、昨夜のやつはアウトだな」

薬物なんて、外の世界でも犯罪だ。ましてここは一応「学校」で、アルコール類こそ許されてるけど、ある意味では外よりも規律は厳しく出来てる。

「負荷テスト……」

「ああ？」

ふと呟いたら、しっかり安佐間さんにまで聞こえてしまった。

「えっと、津路さんが言ってたんです」

「負荷テストねぇ……まぁそうだな。いろんな意味で、ふるいにかけてるよな……あれ、おまえいつの間に、あの野郎のこと……」

気にしないかと思ってたのに、なんですぐ気付くかなぁ……。っていうか、翔太くんはここまで報告はしなかったんだね。

安佐間さんに説明しろって言われて、津路さんの希望だって答えた。

溜め息をつかれた。

「そのうちあれだな。下の名前で呼べとか言われるぞ」

「もう言われました……」

「いいか、流されんなよ。やられんのはおまえのほうなんだからな」

「決めつけられるのもちょっと……」

「じゃあおまえは、あれをやれるのか？　やりたいと思うか？」

「そ……それは、ない……ですけど……」

想像してみようとしたけど、出来なかった。なんていうか、無理だって悟ったというか。身長とか体格とかの問題じゃなくて、もっとこう……根本的ななにかで。

「そもそも、恋人になったら絶対にしなきゃいけないってものでもないですよね？」

「津路はたぶんガッツリ食う派だぞ。根拠はねぇが、俺のカンがそう言ってる。ま、ゲス野郎よりはずっとマシだろうけどな。あいつの噂、ろくなもんじゃねぇ」

悪態をつきながらもキーボードを叩いてた安佐間さんは、出来上がった文書と添付ファイルを送信した。もちろん行き先は執行部だ。

それからたった三分後、事務室の電話が鳴った。

たまたま受けたのが僕だったのは、タイミングがよかったのか悪かったのか。

「はい、ガード事務室です」

『執行部の津路だ。小椋か……？』

僕のことを呼ぶとき、ほんの少しだけど声が柔らかくなった。たったそれだけのことに嬉しくなってしまうのはマズい傾向じゃないだろうか。

顔が緩《ゆる》みそうになるのをなんとか抑えて、神妙な顔をしてみせる。安佐間さんがガン見してるのわかってるから、かなり緊張した。

「えっと、昨日はごちそうさまでした。あの、さっきのメールの件でしょうか？」

『ああ』

「安佐間委員長に繋ぎます」

電話をまわして安佐間さんが話し始めると、小さく安堵《あんど》の息が漏れた。すぐに次の報告が入って来て、僕はその対応に追われた。

食欲のない朝は、シリアルに牛乳をかけたやつを食べることが多い。

なんとなくご飯もパンも口に入らないんだよね。かといって津路さんがよく食べるっていうあの手のやつも好きじゃなくて、コーンフレークとかブランとかになる。別にダイエットしてるわけでもなんでもないよ。むしろもっと食えってまわりの人たちから言われてるから、僕の朝食内容を知られたら怒られそう。

今日もスプーンでフルーツ入りのグラノーラを掬《すく》ってると、スマフォがメールを受信した。

思わず顔がほころぶ。時間通りだなぁ、ほんときっちりしてる。

画面を覗き込むと、やっぱり津路さんだった。すっかり習慣になっちゃったモーニングメールは、僕を起こすことが目的じゃなくて朝の挨拶なんだ。

「おはよう、ございます……と」

ついでに朝食中ってことも書いておく。内容までは書かないけどね。

送ってすぐに、返事が来た。おおー珍しい、津路さん今日は朝ご飯食べてる！　しかも昨日買っておいたサンドイッチだって。最近食生活がまともになった、って自分でも言ってるよ。前はどれだけひどかったんだか。

何回かメールのやりとりをして、朝の挨拶は終了。

なんかもうこれがないと一日が始まらない感じになってきたよ。

で、いつも通りに事務室へ行く。例の事件は捜査が続いてて、とりあえず数人が動いてるらしいってところまではわかってる。けど、まだ特定には至ってない。

そんな状態でも僕は講義を受けるように言われてる。安佐間さんの方針で、講義は優先的に受けるべき、って空気なんだよね。

だから今日の午後一は二時間の講義を受けることになってる。

「これ、仕込みってことはないっすよね？」

翔太くんがパソコンとの睨めっこに飽きたのか、急にそんなことを言い出した。

「ケガ人が何人も出てんだぞ？」

「被害者も仕込みってのは……？」

「買ってねぇのにラリってたやつらも含めたら、三十人軽く超えるだろうが。それが全員仕込みとか、さすがにあり得ねぇわ」

安佐間さんはここに入って五年、そのすべてをガードで過ごしてるから、ある程度のパターンは見えてるらしい。仕込みでの事件はこんなに大規模には起きないものなんだって。

ただし、と安佐間さんは続けた。

「この件を、仕込みってことにして片付ける可能性は高いな」

「え？」

「院内でドラッグなんて、ヤバすぎんだろ。またあっちこっちから突き上げ食らうに決まってる。だったら世相を反映したシミュレーション、ってことでごまかすんじゃねぇの」

どうやら前にも似たようなことがあったらしい。安佐間さんに言われて記録を呼び出すと、二年前の件が出てきた。

「うわ、これって詐欺《さぎ》ですよね？」

「どれどれ？」

自分で呼び出せばいいのに翔太くんは僕のパソコンを覗き込んだ。

事件の概要は、執行部の人事を担当してる……と名乗る学生が、商業部門の院生に執行部への移籍と幹部への登用を約束して金銭を要求した、って感じだ。

「……人事担当なんていましたっけ？」

「一応、いるにはいるな。ただし決定権はねぇよ。たとえ代表にだってな。移籍なんか、申請して人数に余裕がありゃ簡単にできるし、幹部なんてのは実績と上の判断で決まる。鵜呑《うの》みにするやつがバカなんだっつーの」

安佐間さんは吐き捨てるみたいにして言った。被害者は三人出たらしくて、彼らには希望通りの異動と、ある程度の役職を与えることで黙らせて、詐欺を働いた学生は除籍した上で、取引をしたらしい。黙っている代わりに、罪には問わない……って。

立派な詐欺事件だもんね。普通に警察に突き出せるレベル。さすがに前科者になりたくなかったらしくて、犯人の院生は条件を呑んで院を去ったらしい。で、この件は仕掛けってことにして幕を引いたわけだ。

院で起きた事件が公になれば、修習院のプロジェクトを推しすすめている人たちが責任を取らされるわけだからね。

「今回も同じだろ。裏取引すると思うぜ。本当に仕掛け人として抱きこんで、いくつか仕掛けやらせて、実績作っちまうとかね」

「でも人数が多いっすよ。完全に口を塞げますかね？」

「酔っ払った、って思ってる連中にはそのままかもしれねぇな。悪酔いした、って思わせて、ドラッグとは関係ないってことにするとかな」

「あー……」

「噂出てるから、もう無理かもしれねぇけどさ。あー、ヤベェなマジで。これ早く解決しねぇと俺の評価下がるわー」

「……やっぱり気にするんですね」

意外な気がして呟いたら、むしろいまの発言が意外だった、みたいな顔をされた。

「するだろ。将来のためにここ来てんだからさ」

「安佐間さんは将来どうしたいんですか？」

「財務省に入って、エリート官僚の道をひた走ろうと思ってる。ちなみに国のためとかそういうことは考えてねぇ。俺のためだ。学閥《がくばつ》なんぞぶっ飛ばす」

うん、清々しいほど俗っぽい。思わず拍手を送りたくなってしまうのは、あまりにも堂々としてるからなんだろうな。

ビジョンが明確なのはすごいと思う。僕なんてなにもない。五年後くらいには――いまの安佐間さんと同じ年になる頃までには見つかってるといいけど。

あ、電話だ。

「はい、ガード事務室です」

『あの、すみません。組合の鈴木《すずき》と言います。うちの議長……北里が、すでにそちらに向かってるそうなので、よろしくお願いします……！』

「は……？　あ、えーと……北里議長がこれからいらっしゃるってことですね？」

『はい、すみません。アポ取ってからって言ったんですけど、行っちゃって……安佐間委員長は、いらっしゃいますか？』

鈴木さんって人、ものすごく焦《あせ》ってるというか恐縮してる。きっとあの人に振りまわされてるんだろうなぁ……かわいそうになってきた。

「おりますので、たぶん大丈夫だと思います。ご連絡ありがとうございました」

『よろしくお願いします。本当にすみません』

受話器を置いて安佐間さんを見たら、笑顔で怒ってた。これは電話の内容を報告しなくてもいいよね？

「来んのか、あのゲスが」

「向こうの人、半泣きでした」

少し大げさに言ってみた。部下の人たちにとばっちりが行くことはないはずだけど、とりあえず北里議長だけが悪いことにしておく。あの人はそれくらいやってもいい人だと思うんだ。

安佐間さんが、鍵かけたいとか出かけようかなとか言いだしたよ。本気じゃないんだろうけど、嫌そうなのは本心だと思う。

実は仲いいんじゃないのかな、なんて勘ぐりそうになるけど、安佐間さんが鳥肌立ててるのを見たら違うんだろうなって思った。

安佐間さんはチッと舌打ちしながらメールを打ってる。

それから五分もしないうちに北里議長がやってきた。あの人のＩＤカードはガードだろうと執行部だろうと自由に入れるみたいだ。

北里議長はいつもと同じく笑いながら安佐間さんに近付いてく。僕は翔太くんがガードしてたからか、ちら見されてウインクされただけですんだ。

うーん、ブレないなぁこの人も。

「なんか大変なことになってるんだって？」

「ああ？」

安佐間さんは目をすがめて北里議長を見つめ返した。うん、体格差はあるけど、負けてない。ドスのきいた声も格好いいよね。

「なんでもドラッグが出まわってるとか」

「どこから聞いた」

「噂だよ。組合には日々、いろんな情報が入ってくるからね」

「ふーん。で？　わざわざ来たからには、手ぶらじゃねぇだろうな？」

「もちろん。お礼はキスでいいよ」

「拳のキスでいいなら」

薄ーく笑いながら安佐間さんはぐっと手を握りしめる。目もマジなのに、北里議長は相変わらず笑いながらひょいっと首を竦《すく》めた。キザというよりも、人を食ったような感じ。それがとてもこの人らしい。

そのときコンコン、ってノックの音がした。そしてもう一人の大物が現れる。

津路さんだ。あれ、就業時間中なのに珍しい……。

一瞬だけ目があったけど、小さく頷くだけで津路さんはすぐ安佐間さんを見た。北里議長も視界に入ってるだろうに無視だ。

「遅ぇよ」

「これでも最速だ」

安佐間さんが呼んだのか。そういえばさっきメール打ってたっけ……あれって津路さんを呼び出してたんだ。

「なーんだ、津路くんも呼んだの？」

「今回のはそれくらいの話だろうが。ちょうどよかったんだよ。おまえも無関係じゃすまされねぇし、場を設けようとは思ってたんだ」

「まぁ、店も関わってるからねぇ」

北里議長は空いてる椅子に座って、長い脚を組む。安佐間さんとはデスクを挟んで目の前……っていうか、もうデスクに肘を突いちゃってる。

津路さんは当たり前みたいな顔して僕の隣――翔太くんとは反対側の隣に座った。もっと安佐間さんたちの近くに行くべきだと思う。

安佐間さんはちらっと見たけどなにも言わなかった。

「あやしい店を二軒ピックアップしてる」

「もしかして〈ブルーリスト〉と〈クラージュ〉？」

「わかってんのかよ」

「まぁ、聞き込みに来たっていう報告もあったしね。で、ここからが本題なんだけど……」

意味ありげな視線が安佐間さんに向けられて、そのあとゆっくり津路さんや僕らをぐるっと見てから、また安佐間さんに戻った。

「もったいつけるんじゃねぇよ」

「言う前に、確約が欲しいなと思ってね」

「確約だぁ？　なんの」

「有力な情報を教えてあげるから、とある二人の院生についてはいっさいの責任を問わない、って約束してよ」

部屋のなかの温度がピキッと凍り付いた。

これって裏取引だよね。外の世界で言えば警察のトップに持ちかけてるようなもので……あ、司法取引みたいなものか。そう考えるとありかもしれない。

僕の隣に執行部のトップがいるけど、それはいいのかな。ちら見した限りだと、口挟む気もなさそうだからいいのかも。

「そいつらは犯罪行為をやらかしてんのか？」

「うーん……偽証っていう意味ならやらかしてるねぇ」

「クスリには関係ねぇんだな？」

「直接はね」

「わかった。応じよう。あれだな、店主の二人だろ」

「ご明察。やっぱり薫ちゃんは賢いよね。そういうところも魅力的だな」

「で、情報ってのは？」

いつものようにスルーです。聞き流してもなにも支障はなさそうだからいいんだよね。北里議長もまったく気にしてないいし。たぶん議長のあれは口癖みたいなもので、きっと大した意味はないんだと思う。

「そういうわけだから、店の名前も伏せる方向でよろしく。今後の経営に関わってくるからさ。なんかね、ガードの子たちが聞き込みに来たとき、言わなかったことがあったんだって。当日、友達に手伝ってもらってた……って」

「友達？」

「うん。最近ちょっと忙しいんだって言ったら、向こうから手伝ってやるよ……みたいに言われたらしいよ。一軒だけね。もう一軒は、もともと従業員として雇ってたから」

ようするに友達っていう人がいた日に、お客さんが悪酔いしてトラブルを起こして、もともといる店でもトラブル発生、と。

なにそれ、どう考えてもあやしい。自分からバイト……っていうか手伝いに入るって言い出したところからもうあやしく思える。店主の人たちもそう思ったから口をつぐんでたんだろうな。だって自分の店が利用されたなんて、隠しておきたいだろうし。

「つまりアルコールかなにかに混ぜて出したってことか？」

「じゃないか、と二人は言ってる」

「ダチの名前も教えてもらえるんだろうな。調べればわかることだけどな」

「こいつ」

北里議長は用意してきたメモを安佐間さんに渡した。小さなメモだ。安佐間さんはすぐパソコンに向かって、データを呼び出した。

そうしてわずかに目を瞠《みは》る。

「元執行部じゃねぇか」

「らしいねぇ」

全員の視線が津路さんに向けられた。眉間に皺が寄ってるのは当然だと思う。だって元執行部の人がドラッグに関わってるなんて信じたくないだろうし。あ、いやそもそも院生がって時点で信じたくないだろうけども。

「海琴、そいつに見せてやれ」

「はい」

呼び出した二つのデータのうち、元執行部の人だけを画面に出した。二十二歳の人で、執行部のなかの会計課ってとこにいたらしい。

「知ってるやつか？」

「顔と名前は把握してるが、話したことはないな」

津路さんは思案顔だ。なにかを思い出そうとしてるか、それとも思い当たる節があるのか、とにかく視線が少しだけ遠かった。

「いまは店にいるのか？」

「講義受けてるか、部屋じゃない？　あとは遊びに行ってるか」

「すぐ呼び出せ……いや、誰かに連れて来させろ」

出頭を待つ気はないらしい。まぁ逃げちゃうかもしれないから仕方ないか。戻って来たばかりの先輩と翔太くんが合流して、その人の部屋へ行くことになった。念のために講義を受けてないか調べたけど、どの教室にもいないみたいだ。講義って視聴状況を調べれば出てるか出てないか、リアルタイムでわかるんだよね。もちろん寝てたりするのはわからないけど。

ふと横を見ると、津路さんはなにか考え込んでた。

「なんか引っかかんのか？」

「確か……杉本《すぎもと》さんを辞任させたときに更迭《こうてつ》した役員と、仲がよかった男だ。どうして執行部を辞めたのかは知らん」

「へぇ」

安佐間さんの目がキランってした。杉本さんって、前代表のことだよね。

「パンク騒ぎのときに、一応名前を挙げたはずだが」

「挙がってたな。話も聞きに行ったはずだが、問題ないと判断してる。執行部を辞めたのは、居づらくなったからだったよ。杉本の一味……みたいな視線に耐えられなくなったらしいぞ」

「そこまで聞いたのか」

「そりゃな。こいつ、おまえのこと恨んでそうか？」

「さぁ」

「ま、訊けばいいことか。話は俺が聞く。もう一人も呼べよ。そっちは任せる」

ご愁傷様、って心のなかで手をあわせた。基本的に安佐間さんは事情聴取に出て行かないけど、ここぞってときには出て行って、容赦なく吐かせるんだって聞いた。武藤さんが「あれは怖いよ」って苦笑してたくらいだから相当なんだろうな。

ほかの仕事があるからって、津路さんはそれからすぐ執行部に戻っていった。と思ったら、さばく書類とノートパソコンを持って戻って来た。

えええ、ここで仕事するの？　いいんだ？　安佐間さんは呆《あき》れてたけどなにも言わなかったし、それを見て北里議長まで仕事始めた。彼の仕事は自分の店の経営以外に、ひっきりなしに入って来る組合員からの陳情とかいろいろを処理することみたいだ。大変そう。

三十分くらいして、元会計課の人が翔太くんたちに連れられてやってきた。

それからの展開は早かった。元会計課の人は不遜《ふそん》な態度でありながらどこかびくびくした感じもして、誰とも目をあわせようとしなかった。たぶん、ここにスリートップが揃ってたことに相当ビビッたんだと思う。

安佐間さんと、連絡を受けて戻って来た武藤さんが、会計課の人と別室に籠《こ》もって三十分ちょっと。出てきた安佐間さんと入れ替わりに先輩の一人が武藤さんの補佐に入っていって、会計課の人はそのまま留置されることになった。留置って言っても、ちゃんとした部屋だよ。留置場とは違う。処分が決まるまで自由がないっていう点では一緒なんだけど。

「酒にドラッグを溶かして出した事実は認めた。ただしパンクの件は知らないそうだ」

どっかりと椅子に座って安佐間さんは溜め息をついた。

「どうやってクスリを入手したんだ？」

「外へ出たときに手に入れた、って言ってたな。そのへんはさらに追及するが……あとな、動機はおまえだったぞ」

安佐間さんが津路さんを見た。ってことは、やっぱり恨みとか、そういうことか。津路さんは予想してたのか、どうでもいいって思ってるのか、表情がまったく変わらなかった。

「そうか」

少し頷いただけだった。

「執行部に居づらくなったのはおまえのせいだ……ってさ」

「典型的な逆恨みだな。で、俺の代でドラッグ騒ぎを起こして、俺の評価を下げようっていう腹か？」

「らしいな」

「バカバカしい」

鼻で笑ってる。心底そう思ってるんだなっていうのがわかる。

確かに動機とか、実際にやっちゃうところなんかはバカバカしいけど、評価が下がるとかそういうことに関してはそれですむんだろうか？　安佐間さんなんかは気にしてるって言ってたし、北里議長は……どうかわからないけど。

「いまになって動いたのはなぜだ？」

「すぐだと自分があやしまれると思ったんだってよ。半年以上おとなしくして、そろそろ……って思ったらしいな。もう一人も同じだって言ってたぞ」

「執念深いねぇ」

笑うところなんですか、北里議長。この場で笑ってるのは一人だけだ。安佐間さんは苛立《いらだ》ってるし、津路さんは涼しい顔してる。

僕の視線に気付いたのか、北里議長は「だって」と続けた。

「笑えるよね。復讐だか意趣返しだか知らないけど、生産性のない行為だよ。そんなものに時間とエネルギーを使うなんて、津路くんじゃないけどバカバカしいとしか言えないね。しかも自分の将来をさらに暗くしてるんじゃ世話がない」

北里議長ってたぶん感情に突き動かされることがないんだろうな、って思った。もちろん元会計課の人を擁護《ようご》するつもりはないし、トップにいる人として正しいなとは思う。冷静っていうよりも、損得で動く人なんだろう。

「得るものなんて、なにもないのにねぇ」

「溜飲《りゅういん》を下げるんじゃないか。俺が失脚したり、評価が下がったりすれば」

「無駄なことなのにね。だって本人がどうでもいいって思ってるのにさ」

え、そうなの？　どうでもいいって……いやいや、そんなはずないよ。だって院に来てトップまで上り詰めた人が野心とか意欲とかがないはずないし。

津路さんの顔を見たら、無表情に近かった。北里議長の言葉に少しも感情が動いてないってわかる顔だ。

じっとそれを見てた北里議長は、急に視線を僕に向けた。

「ところで、その後どうなったわけ?」

「はい?」

「まだ付きあってないの?」

「付きあってません」

食い気味に即答。だってこの人がどこかでポロッとしゃべったりしたら困るし。

「えー、なにやってるの津路くん。もたもたしてると本当に俺が奪っちゃうよ?」

「その気もないくせに」

「あるから言ってんの。だって海琴ちゃん、こんなに可愛いし、抱き心地もよさそうだし。ね?」

僕に同意求められても困るし、わざわざ机まわりこんで近付いて来ないで欲しい……。翔太くんがディフェンスしてくれてるけど突破されそう。

って思ったら、身体が後ろにぐーっと引かれる。キャスター付きの椅子ごと、津路さんが後ろに引っ張って僕の肩に手をまわした……!

北里議長が目を細めて、ふーん……って。

「いいね、燃える。薫ちゃんだとはこれっていうライバルがいないからね。本人が十分強敵だから、いたら困るけど」

「小椋を口説きたいなら一人に絞ってからにしろ」

「どうして？　俺の愛は一つじゃないよ？」

「と言ってるが、おまえはそういうのは許容できるか？」

「無理ですっ」

いきなり振られてびっくりしたけど、とっさに返した。絶対に無理。そもそも北里議長、僕のこと好きでもなんでもないよね。本気で迫られるよりずっといいけどさ。

うん、もうわかってる。津路さんは本気なんだと思う。思うんだけど……やっぱり、どうしても身がまえちゃうんだ。これ、話したほうがいいのかな。津路さん、怒るかもしれないけど、話した上でどうするのか知りたいっていう気持ちもある。

毎日、何回もメールして、ランチも二日に一度は一緒に食べて……もちろん誰か付き添いはいるけど、津路さんはその人を蔑《ないがし》ろにすることなく接してくれる。そのせいかガード内での津路さんの評価はうなぎ登りだ。いままでこの人のことをよく知らずに、普段の無愛想さとかイメージで判断してた人が多かったみたい。

だから最近は、「どうするの？」って心配されつつも、どこか背中を押すような空気になりつつあった。

「うわ、もう昼かよ」

「誰かメシ買ってこい」

「何人分っすか？」

「とりあえず……ゲス野郎を抜かして全員」

「俺の分もよろしく」

　ここで食べていく気らしい北里議長と、帰れと椅子を蹴ってる安佐間さん。お使いを頼まれた人はかなり困って、結局なにも言わず出て行った。たぶんあれだ、おにぎりとかサンドイッチとかを多めに買ってくるんだろうな。僕ならそうする。弁当じゃなければ、きっちり何人分、っていうことにはならないからね。

「今日は大人数だな」

「ですね」

　いつもは昼前になるとメールが来てランチの誘いを受ける。僕は人目に付かないことを条件に、一緒に行く人がいれば行く……って感じなんだ。もちろん食堂じゃなくて、買ってきたのを人目に付かないところで食べるんだけど。

　ちなみに夕食はあれきりだ。相変わらず僕らの外出は院内メディアに狙われてるみたい。しつこいなー。

「次の休みはいつだ？」

昼休みに入ってわいわいしてる事務室で、津路さんがこそっと訊いてきた。

「金曜日、です」

日曜日は当番なんだよね。ようするに通報の電話番だ。僕にとっては初めての当番で、ちょっとドキドキする。基本的に日曜日はガーダーの八割が休みで、なにかあれば招集がかかる形なんだよね。交代で休むから、土日が休みなんていうことはたまにしかまわってこないらしい。いまはドラッグの件があって、全員週二の休みは取れないんだよね。大きなトラブルがないときに、その分はまとめて取らせてもらえるんだって。

「予定は入ってるのか？」

「いえ、全然」

「じゃあ金曜日空けておいてくれ」

一日ってことかな。それって誰かに一日付きあってもらって……？　さすがにそれは申し訳ないし、もう二人きりでも大丈夫な気もするし……。うん、とにかくその日に思い切って話そう。ついてきてくれる人には、話をする前に帰ってもらうか、ちょっと離れててもらって、僕の本心っていうか、事情っていうかを、聞いてもらおう。

別にたいしたことじゃない。ちょっとばかり、恋愛に対して腰が引けちゃってるだけなのを、くだらないって言ってくれたら、前に進めそうな気がする。

「……はい」

頷くと、津路さんは嬉しそうに目を細めた。角度的に、たぶん僕にしか見えてない。安佐間さんと北里議長がこっちを向いてるのがわかったけど、なにも言われなかったからそのままスルーした。

安佐間さんには後で報告しなきゃ。

「あれで付きあってないの？」

「うるせぇ、余計なこと言うな」

相変わらずの掛け合いが聞こえてくるけど、内容までは頭に入ってこない。それよりも津路さんがぽつぽつ話す、天気がいいといいな、とか、なにか食べたいものはあるか、とかいうほうが僕には重要な気がして。

たぶんもう手遅れなんだろうな、って自分でもわかってた。


金曜日は朝から快晴で、この時期にしては少し暑いくらいだった。

安佐間さんに言ったら当然のように付き添いを命じられて、かわいそうに今日も翔太くんが僕に同行してる。津路さんもすっかり翔太くんとは顔なじみだ。

「まだあいつら狙ってるっすよ」

「らしいな」

「うーん……俺、先に出てちょっと追っ払ってきましょうか」

翔太くん曰く、玄関を出て右手の茂みにカメラをかまえた男がいるらしい。ちなみに僕は言われてもなお発見できてない。

「相手が一人なら、意識を逸らしてくれると助かるな」

「了解っす」

意気揚々《ようよう》と翔太くんが外へ出て行く。それを見届けると、津路さんは僕の手を握ってくるりと踵《きびす》を返した。

「え……？」

「裏口から出る」

でもそれ翔太くんには言ってなかったよね？　どうするの？　うまく外へ出られたら、連絡して合流するってこと？

執行部側のゲートを抜けて、小走りに廊下を走って裏口に辿り着く。すれ違う人たちがなにごとかって顔で見てて、ちょっと視線が痛かった。

ピッとＩＤカードを通してドアを開けて、注意深く外の様子を窺う。大丈夫そうだ、って呟いて津路さんは外へ出た。

まぶしいくらい、いい天気だ。

あ、ここってパンク事件の現場だよね。あれからすぐに修理された車が停まってる。ガードのとは色違いの四駆《よんく》とワンボックスカーが一台ずつ。セダンなんてここでは必要ないから、実用一辺倒なんだって聞いた。

「誰でも入れちゃうんですね」

監視カメラはあるものの、パンクさせた犯人はそれを承知で覆面をしてたから、人物の特定には至らなかったんだ。まぁこっちはそう大きな事件でもないから、いまガードはドラッグの販売のほうを中心に追ってる。

解決してないのに遊びに行ったりしていいのかっていう疑問は、安佐間さんの「そのための交代制だろうが」の言葉で納得した。そのためにガードは人数が多いわけだし。

津路さんは相変わらず僕の手をつかんだまま四駆に近付いてく。車に異変でもあったんだろうか。僕にはよくわからないけど……って、助手席のドアを開けた。あれ、鍵持ってたんだ？

「乗って」

「え？　あの？」

押し込むようにしてシートに座らされて、カチッとベルトを締められた。そのときちょっと覆い被さるみたいになって、ドギマギしてしまう。

ヤバい、意識しすぎだ。シートベルトをしてくれただけだってば。

ちょっと俯いて自分に落ち着けって言い聞かせてるうちにドアが閉められて、運転席に津路さんが乗り込んできた。

エンジンがかかって、そこでようやく我に返る。

「えっと、津路さん？　これって一体どういう……？」

「デートしようか」

「はい？」

「人目を気にしないでいいところでな」

動き出した車は、そのままメインゲートへ向かって走り出した。院内に存在する車は十台もないはずだから、走っていれば当然目立つ。さすがに津路さんは前を見てなきゃいけないし、二人でいることを目撃されたら面倒だ。だったら僕が下を向いてるしかない。

とはいえ、おとなしく乗ってるのもおかしいよね。だってこれじゃ誘拐だよ。

「困ります」

「嫌ではないだろ？」

「そ、それはまた別問題ですっ」

置き去りの翔太くんが気の毒だし、後で安佐間さんに怒られそうだ。僕個人の感情としては……実は別に嫌じゃなかった。

「言われっぱなしは癪《しゃく》だからな」

「は？」

「俺としては、もたもたしてるのと慎重なのは違うつもりなんだが」

ああ、北里議長が言ったことか。そっか、やっぱり気にするんだ。なんか……胸がもやもやしてきて、さっきまでのワクワクした気分が吹き飛んでしまう。

僕のなかにある不信の種が、いまにも芽吹いてきちゃいそうだ。

だって津路さんが僕への気持ちを自覚したっていうとき、直前に北里議長がいた。北里議長は冗談か本気か知らないけど、僕を口説こうとしてた。

まるで、あの時の再現みたいな関係性だって思っちゃって…あ、電話。

「翔太くんだ」

『どこにいんだよ』

ボタンを押すのと同時くらいに、翔太くんの声が聞こえてきた。

車はゲートを抜けていく。普段はしまってるはずだけど、事前に連絡してたのか、開いてたそこから車は簡単に出てしまった。

「あのー、その……」

翔太くんはまだこの事態に気付いてない。ただ単に僕らがどこかで隠れて待ってる、とでも思ってるみたい。

うう、罪悪感が……。

「俺が出る」

「でも運転してますから」

「当ててくれ」

止まる気はないらしい津路さんの耳に、僕のスマフォを持っていく。なんて言う気なんだろう。正直に言うのかな。

「津路だ。小椋は責任を持って預かる。安佐間にはそう伝えてくれ」

『はぁっ？　ちょ……ど、どういうことっすか！』

「外へ連れ出した。騙《だま》すようなことをして悪かったな」

ちっとも悪びれてないことは黙っておく。口調こそ淡々としてて、聞きようによっては神妙に聞こえるだろうけど、顔が薄く笑ってるから台無しだ。真面目なだけじゃないんだなって、また新たな発見をした気分だ。

翔太くんは絶句してるみたいだ。

「ごめんね」

もういいって視線で言われたから、スマフォを戻して一応謝っておく。別に僕の意思でこうしてるわけじゃないんだけど、拒否する気がない時点で同罪だと思ったからだ。

『海琴……』

「戻ったらちゃんと謝るし、お説教でも文句でもなんでも聞くから」

『わかった。覚悟しとけよ』

「うん」

通話を切って、少し考えてからサイレントにした。電源を落とそうかなとも考えたけど、それはなにかあったときにマズいからやめた。なにかっていうのは、緊急の呼び出しとかそういう意味ね。僕だって一応ガーダーだし。

「いいのか？」

「はい。ちょうど話したいこともあったので」

「話したいこと？」

「えっと……それは後でにします。もうちょっとまとまってから……。あの、いまさらですけど運転出来るんですね」

車を走らせる津路さんの横顔は、いつにも増して大人っぽく見える。やっぱり二十歳なんて冗談としか思えなかった。

「二年前に取ったんだ。普段の外出は自分のバイクなんだが」

そっか、バイクにも乗るんだ。うん、想像しただけで格好いい。いいなぁ、バイクってちょっと憧れてたから。頼んだら後ろに乗せてくれるかな？　乗せない主義の人もいるっていうから、もしそうだったらせめて乗ってるところを見たい。

なんかね、もうね、津路さんってどこまで僕の理想なんだろうって思うよ。好きなタイプって意味じゃなくて、こういう男になりたかったなっていう意味で。

「この車って執行部のなんですよね？」

「許可は取ってるぞ」

「ってことは最初から付き添いの人、振り切るつもりで……」

「柳で助かった。あいつが一番、単純だからな」

安佐間さんだったらああは行かなかったよね。まぁ一日付きあうってなったら、まず安佐間さんは来ないだろうけど。あ、交代制っていうのもあったかも。

「大丈夫なんですか？　安佐間さんが、僕を誘拐したってことにするかもしれないですよ？」

「あり得るな」

って言いながら笑ってるし。いや冗談じゃなくて、結構な確率でありそうなんだよ？　腹いせにそれくらいのことはしそう。

「津路さんって、評価とかにこだわらないんですね」

「そうだな、気にしたことがない。不思議か？」

「はい。だって執行部のトップなのに」

「ただの成り行きだ」

「えぇー……」

成り行きで院のトップに立っちゃうって、どういうこと？　無欲……っていうのとは違うよね。もちろんガツガツしてるわけでもない。

なんていうか……乾いてる感じ？　うん、それだ。

院に入ってる人たちって、貪欲《どんよく》な人が多いはずだ。僕なんかはイレギュラーなほう。

具体的に将来を見据えてる人、修習院を出たっていう事実が欲しい人、明確なビジョンがなくても学費を自分で稼げるとかスキルが身につくとかいった理由で来てる人。ここはそういう人がほとんどって聞いてる。途中で変わっちゃう人もいるのは仕方ないとしてね。挫折はどこにでもあるし、そういうのは織り込みずみってことで。

「入りたくて入ったわけじゃないからな」

「え？　じゃ、僕みたいに学校の推薦とかそういう？」

「いや、親に厄介《やっかい》払いされた。一応おまえと同じで推薦っていう形だったが……」

結構なことを言われたわりに、深刻さとか悲壮感はなかった。津路さんはいつものように淡々としてるし、表情も変わらない。大事なことを打ち明けたっていう雰囲気じゃなかった。強がってるわけじゃなくて、彼にとってはすでに消化してしまったか、もともと気にするようなことじゃないか、どちらかだろう。

「もともと家族との折り合いが悪かったんだ」

「そ……そうなんですか……？」

「父親が、俺と十も年が変わらない女と再婚して、弟が出来た。いま七歳だ。俺がいなければ幸せな家庭なんだよ」

津路さんのお母さんとは政略結婚で、そのせいか津路さんが生まれる頃には冷え切っていたらしい。

しかも津路さんは母方の影響が容姿にも性格にも出てて、赤ちゃんのときから父親にはまったく懐《なつ》かなかったらしい。そのまま来てしまったんだそうだ。一方の再婚相手とは砂を吐きそうなほど甘ったるい空気を醸《かも》し出してて、七歳の次男も溺愛《できあい》してるんだって。

想像も出来なかった。僕んちは両親が年甲斐もなくラブラブで、弟か妹ができたよって言われても納得しちゃうくらいで、母親にも父親にも愛されてるって自然に思えるから。

戸惑《とまど》う僕に、津路さんは申し訳なさそうに笑った。

「悪かったな、こんな辛気《しんき》くさい話をして」

「い、いえ……あの、こんなこと言うのは不謹慎かなって思うんですけど、話してくれて嬉しかったです」

「嬉しい？」

「津路さんのこと、まだほとんど知らないから……」

知らない彼のことを知ることが出来たのも嬉しいし、話してくれたこと自体も嬉しかった。やっぱりさ、心情とか家庭事情とか話してもらえるのって、信用されてるみたいな気がするから。

ところで政略結婚って言葉が出たよね。つまりそれだけの家ってことか。うん、まったく想像がつかない。僕んちは普通の家だからね。父親は一応社長だけど、従業員が三人の中小企業の代表っていうだけだし。

「津路さんってご令息《れいそく》だったんですね」

「もう関係ないぞ。そのうち分籍してもらおうと思ってるし、あっちだって大歓迎だろ。後妻が俺の存在をかなり気にしてるからな」

「あの、お母さんのこと聞いてもいいですか？」

「かまわない。母は亡くなってるし、実家との関わりも薄い。あっちはあっちでゴチャゴチャした事情があるらしいから関わり合いになりたくないしな」

お金持ちって大変なんだな。たまたまなんだろうけども。

「だから将来的に俺は実家と縁を切るし、政治家になるつもりも官僚になるつもりもない。執行部に割り振られたからそのまま来てるだけだ」

なるほど、配属されたから職務を全《まっと》うしてたらトップになっちゃった……？　いや、むしろそのほうがすごくない？

車はいかにものどかな田園風景から、だんだんと町っぽくなってきた。っていっても高層ビルはないんだけど。

「あ……」

「どうした？」

「いえ、久しぶりに女の人を見たなって思って」

道行く人たちは当然のことながら男女混合だ。当たり前の光景が新鮮に見えるなんて、かなり院の特殊性に慣れちゃってたんだな。

主要駅を中心に、町は結構賑《にぎ》わってる。お馴染《なじ》みのチェーン店の看板とかコンビニとか、いろいろな店がある。

でも津路さんは町で遊ぶ気はないみたいで、あっさりとそのへんを通過した。

「恋愛対象は女のほうがいいか」

「……よくわからないです。好きになったことがあるのは男の人でしたけど……だからって、自分の恋愛対象が男だけっていう確証もないし……」

ハンドルを握る手がぴくっと動いた。けど津路さんの表情自体はそれほど変わらなかった。少なくとも僕には変化がわからなかった。

ガードの人たちって、本当に口が硬いんだな。津路さんの耳に入らないって、相当なんじゃないだろうか。

「高校のときに、三ヵ月だけ付きあったんです。一つ上の、先輩でした」

「どんな男だったんだ？」

「格好いい人でしたよ。高校で一、二を争うくらい」

それでも津路さんには全然及ばない。美形とイケメンの差って、それなりにあると思うんだよね。先輩はヘアスタイルとかファッションとか、総合で格好いい男に仕上がってたけど、津路さんは顔立ち一つ取っても文句のつけようのない美形だ。しかも長身でバランスのいい身体付きをしてて、羨《うらや》ましいほど手足が長い。神様に祝福されてる人って、こういう人のことなのかな、って考えちゃうくらいだ。

「接点なんてまったくなかったのに、あるとき急に近寄ってきて、告白されて……最初は断りました。けど、あんまり熱心だから結局絆されちゃって……」

恋人になってから、彼の態度は変わった。それまでの熱心さはどこに消えたんだって思うくらい、僕を好きって言わなくなって、代わりに浮気を繰り返した。

後から知ったんだ。っていうか、数いる浮気相手の一人に悪意たっぷりに言われた。恋人だって言ったその人は本当は僕のことなんて好きじゃなくて、ただある人に対抗してみせただけだって。本命だなんて思ってたのは僕だけなんだって。

「どういうことだ……？」

津路さんの声が低くなって、それはそれで聞き惚れちゃうくらいいい声なんだけど、怒ってるのがわかるから茶化したりは出来なかった。

でもちょっと嬉しいな。僕のために怒ってくれたんだ。あのときも友達は僕以上に怒ってたっけ。あと、委員会で仲のよかった先輩も。

「僕のことをすごく可愛がってくれてた先輩がいたんですよ。学校で一、二を……っていうか、たぶん一番人気のあった人です。僕に告白してきた人は、その先輩をものすごく意識してたっていうか、一方的にライバル認定してたんですよね」

先輩が僕を好きなんだって勝手に勘違いして、だったら自分が先にモノにしてやるって。ライバルの好きな相手だから、気に入らないやつが可愛がってるから、そんな理由で僕は告白されて、まんまと受け入れてしまったんだ。

たぶん元恋人は、それで先輩に勝った、って思ったんだろう。手に入った途端に僕を蔑ろにして、浮気ばっかりしてたのは、彼の性癖《せいへき》もあったんだろうけど、先輩に対する嫌がらせの一種って意味のほうが強かった気がする。

ちゃちなプライドだ。おまえの大事なものは、俺にとってなんの価値もないんだぞ……っていう、子供じみたアピールだった。

「だから、キスしかしてないんです。っていうか、する気もなかったんだと思います」

あの人を恋人にカウントしてもいいものか、僕としては微妙なところだ。短いあいだでも僕が彼を好きになったのは確かだから、一応そのつもりでいるんだけどね。

ほら、大した話じゃない。ゲームの駒みたいにされて、それなりに傷ついて、恋愛に対して――告白されることに対して臆病になってるだけだ。

「俺をなかなか受け入れないのはそのせいか」

「……津路さんとあの人は違うって、わかってるんですけど……なんていうか、北里議長が僕にかまうからなのかな、とか……つい考えちゃって」

「ありえない」

「あ、あり得ないですか……？」

間髪《かんはつ》入れずに、かなり強い口調で否定された。怒ってる感じじゃないけど、不本意だって顔に書いてあった。

今日の津路さんは特にわかりやすい。

「北里への対抗意識だとしたら、俺はとっくに安佐間を口説いてるな。それに北里は好きになれないが、対抗意識は抱いたことがない。安佐間にもな」

「……はい」

言われてみれば確かにそうだ。だから対抗意識で告白することもない、って津路さんは断言した。評価を気にしない人だから、誰かと張りあおうなんていう意識もないのか。少なくとも院内の立場とか仕事では。

そうだよね。この人は誠実な人だ。ちょっと強引なところはあるけど、ちゃんと僕のことも考えてくれてる。人の気持ちを弄《もてあそ》ぶような人じゃない。

「あの…告白のこと、前向きに考えます」

「ああ、待ってる」

たぶん僕は津路さんが好きなんじゃないかなって思う。一緒にいるのは心地いいし、そばにいたいと思うし、この人がほかの誰かに優しくしたら嫉妬《しっと》するだろう。こうやって強引に連れ出されるのだって嬉しいし、キスされたって平気だ。っていうか、むしろしたい……って思い始めちゃってる。

なんていうか……僕のものにしたいな、っていう欲望が湧いてきてるんだ。こういうのは初めてで戸惑い気味だけど。

高校のときは、しょうがないかっていう感じでOKして、その後相手の態度の変わりように困惑して、その後はもうひたすら悲しくて……ときめいた時間なんてほとんどなかった。最初のキスのときくらいかも。

あれが僕の初恋なんて虚しい。もっとさ、淡くてふわふわしたものだったり、甘酸っぱかったりするものじゃないの？　せつないを通り越して苦痛ばっかりだったよ。

「今度は……ちゃんと恋愛したいな」

口のなかでぽつりと呟いた言葉は、津路さんにまで届いてなかったみたいでほっとした。


海はちょっと遠いからって言って、津路さんは湖に僕を連れて来た。まだ紅葉には早い平日だから、人の姿はほとんどなかった。遠くで釣りをしてる人がぽつぽつ見えるくらいだ。

正直、池と湖の違いってよくわからないよね。静かでいいところだから、どっちでもいいけど。

昼頃まで当てもなく車を走らせて、行き当たりばったりで入った店でランチをして、院生が絶対に来ないだろう町まで足を伸ばして、ゲームセンターでついさっきまで遊んでた。それが今日のデート内容だ。

わりと普通だった。大人っぽい人だから、って身がまえてたけど、そこは二十歳の学生なんだってちょっと安心した。

でも意外というか、やっぱりというか、津路さんはやたらとゲームがうまくて、どこまでスキル高いのって唖然としたよ。最初はだめなんだけど、すぐコツをつかんでみるみるハイスコアをマークしてくんだよ。レースでもシューティングでも格闘ゲームでも！

あとクレーンゲームも超うまかった。これはもう最初っから。あんまりやったことがないとか言ってたけど、疑わしい……。

で、車のなかにはぬいぐるみが三つもある。せっかくくれたから、ちゃんと持って帰るけど……翔太くんあたりに見つかったらなんて言われるかな。それがちょっと心配だ。

「紅葉したら、きれいなんだろうなぁ……」

色づきそうな葉を揺らす木があちこちに見えてる。実際ここは紅葉スポットらしくて、時期になるとこの静けさが嘘のように賑わうらしい。

「見に来るか？」

「うーん……人が少なければ来たいです」

二人して車から出て、水辺《みずべ》をぶらぶらする。遠くで釣り人が魚を釣り上げようとしてるのが見えて、なんとなくそれを眺めた。

あ、逃げられたっぽい。どんまい。

「そろそろ戻るか？」

「いま何時ですか？」

「五時」

ちょっと夕方っぽい雰囲気だなって思ってたけど、まだ暗くないから気付かなかった。そろそろ帰らないとマズいかもしれない。たぶん安佐間さんたちヤキモキしてるだろうし。

けど、もう少し一緒にいたいとも思う。院にいてもそれは出来るけど、こうやって僕たちのことを知ってる人が誰もいないっていうところで羽を伸ばすのって気持ちがいい。自分で思ってたよりもずっと人の視線に参ってたみたいだ。

「もう少し遅くなっても大丈夫です」

「わかった。晩メシも食って行こうか」

「はい」

院に戻りがてら、適当なところで食事をしようってことになった。まっすぐ帰っても、ここから院までは一時間じゃ着かないらしい。

車に戻ろうとして湖に背を向けたら、後ろから手をつかまれた。

「海琴……」

耳もとで甘い声がした。気がついたときには抱きすくめられてて、唇が耳に触れるくらい近くで囁かれてた。

ざわざわ胸が騒いで、くすぐったいような照れくさいような落ち着かない気分になる。いきなり呼ばれてびっくりしたけど、それさえも些細なことに思えるくらい、いまのこの体勢に心臓が騒ぎまくってる。

長い腕に僕はすっぽり収まっちゃってる。わかってたけど、やっぱり津路さんは大きい。包み込まれて安心してる僕がいた。

「あ……名前……」

「ダメか？」

服を通して伝わる体温が心地よくて、耳と肌で感じる息づかいにうっとりした。このままどうなってもいいって、思い始めてる。

「ダメじゃない、です」

「そうか」

声が嬉しそう。たかが名前呼びでこんなによろこんでくれるなんて、なんかちょっと可愛いな。まさか津路さんのことを可愛いなんて思う日が来るなんてびっくりだ。

初恋のやり直しをしてるような気分。手を繋いだりデートしたり、ピュアな恋愛してるなって……。あ、僕まだ返事をしてない。

本当はもうわかってた、津路さんを好きだって。自分の中のわだかまりが、どうしてもひっかかってただけで。でも、もう気持ちに嘘はつけなかった。

もぞもぞ動いて、津路さんと向かいあう。そのあいだもずっと腕のなかにいた。

「あの……」

見上げて、視線を絡ませる。こんなきれいな目、間近で見つめ続けるのはかなり根性がいるんだって知った。

「ん？」

「僕……津路さんが好き、です」

途端にぎゅっと抱きしめられた。

「そうか……」

「はい」

津路さんの背中、抱き返してもいいかな。大丈夫だよね。釣りの人たちは遠いところにいるから、こっちを見てもきっと普通のカップルって思ってくれるはず。言いたくないけど僕と津路さんの身長差って結構あるし、服もパステルグリーンのジップパーカーにくるぶしが出るくらいの白っぽいパンツだし。

「トラウマはもう大丈夫なのか」

「別にトラウマってほどじゃないですよ」

ちょっと腰が引けちゃってただけだ。って、待たされた津路さんにとっては同じことだろうけど。

「でも、大人のお付き合いはもう少し待ってもらってもいいですか？」

「……セックス、ってことか？」

「あ、する予定ないなら……」

「ある」

はっきりと、そりゃもうきっぱりと言われた。

そうなんだ。そんなにギラギラしてる感じじゃないから、もしかしたらプラトニックもありなのかと思ってた。

「たぶん、そんなには待てない」

「え？」

「忘れてるみたいだが、俺はこれでも二十歳だぞ。やりたい盛りだ」

「そ……そう、でした……」

自分があんまりそういうことを感じないタイプだから失念してた。津路さんがまだ二十歳だったっていうこととあわせて。

「海琴」

「はい？」

「そろそろ俺のことも下の名前で呼べ」

ああ、ついに来た。いや別にそんな大ごとではないんだけども。ちょっとだけ恥ずかしいだけなんだけども。

ここで口ごもってたら、きっとまた「嫌か？」って訊かれちゃうだろうから、あんまり待たせないうちに思い切って言うことにした。

「う……あ……えっと、こ……晃雅、さん？」

照れくさくて顔から火が出そう。ヤバい、なんか舌が甘い気がする。あり得ないけど、いま本当にそう感じたんだ。

ゆっくり津路さん……晃雅さんが顔を寄せてきて、キスされるんだ……ってわかった。ドキドキしながら目をつぶって、唇がそっと触れてきたとき胸の奥がぶわっと熱くなった。

ついばむみたいにして、何度も唇が重なる。壊れものじゃないんだからもっと好きなようにしていいのに、大事に大事に触れてくる。

これがファーストキスだったらよかった。あの頃に戻れるなら、当時の僕に「あと三年待て」って忠告したい。

自然に離れて、でも手は繋いだまま車に戻った。さっきよりも薄暗くなってきたけど、まだ十分に視界は利く。

釣り人たちはいつの間にか撤収《てっしゅう》してたみたいだ。

二人して黙ったまま車に乗り込んで、湖を離れる。しゃべらないのは気まずいわけじゃなくて、余《よ》韻《いん》みたいなものに浸ってるからなんだと思う。その証拠に雰囲気はすごく甘い。

そのうちにまたポツポツと話し出して、どんどん暗くなっていくなか、車を走らせる。

「あ、ファミレス」

「あそこでいいか」

途中でお馴染みの看板を見つけたから入ることにした。店内は結構空いてたけど、地元の学生っぽい客が多いみたいだ。

窓際の席に座って、いろんな話をしながら夕ご飯を食べた。晃雅さんがやたらと女の人に見られてキャーキャー言われてて、ちょっとおもしろくなかった。本人はまったく気にしてないっていうか、意識もしてなかったように見えたから、まだよかったけど。

「さっきから店員さんが意味もなく来る気がする」

普通、減ってもいない水を足そうと近付いてきたりはしないよね。コップごと替えてくれようとした人もいたし。

「いちいち気にするな」

「無理です。なんか、きっとこれから苦労するんだろうなって、気が重くなってきた……」

モテる恋人を持つとヤキモキしそう。高校のときもそうだったけど、あれは相手がモテるとかいう以前の問題だったしなぁ……。

「おい、まさかさっきの返事を撤回したりしないだろうな」

「しませんけど……」

外へ出かけたり、社会に出たりしたら、否応《いやおう》なしに女性の視線が付きまとうんだろうな。院にいたらいたで、立場的に注目されるだろうし。

「海琴の場合は、院にいるあいだが問題だな」

「はい？」

「襲われないように、目を光らせないとな」

「……思い出したくなかったです」

そうだ、僕にはその危険がついてまわるんだった。執行部代表の恋人、って知れ渡ったら手を出されなくてすむかと思ったんだけど、それは甘いって言われた。むしろ知名度が増すのと箔《はく》がつくのとで、興味を抱く人が増えるだろうって。

箔ってなに、箔って。

「これでも執行部代表だからな」

「これでもっていうか、立派に……ですよね？」

「立派ではないだろ。俺の評判はよくないしな」

ワンマンとか独裁的とか、そんな評価も確かに聞こえてくる。でもそれって、他人に気を許さないとことか一人でなんでもやろうとするところが、どんどん脚色されて尾ひれがついちゃったってことらしい。それだって最近は改善されつつあるって聞いてるよ。

「僕はまだ入ったばっかで知らないことのほうが多いけど、翔太くんは晃雅さんのこと尊敬してるって言ってました。安佐間さんだって、あれでもすごく晃雅さんのこと買ってると思います」

知りあいの少ない僕には、それくらいしか言えない。けど武藤さんの態度とか、それ以外の先輩たちの口ぶりからは、晃雅さんを否定するような気配はなかったはずなんだ。

「おまえが言うならそうなんだろうな」

「そうですよ」

「不思議なやつだ」

「え？」

なんの話？　あれ、もしかして僕のこと？

「おまえといると、妙に心地いい。言葉もすんなり入って来るしな」

「そうなんですか？」

「安佐間が手元に置いたのもわかる気がするな」

僕はさっぱりわからない。和むって言われたこともあるけど、安佐間さんは別に和みたかったわけじゃないはずだし。

「安佐間が取材で答えてた……執行部に引き抜くってのを実現したいんだが……安佐間が許さないだろうな」

「え、そんなこと可能なんですか？」

「もちろん本人の意思を無視して出来ることじゃない。こっちから打診して、おまえが異動の希望を出す……って形だからな」

「ああ……なるほど」

「で、どうだ？」

いきなり言われても困るし、さすがにガードを離れる気はなかった。せっかくみんなと仲よくなって、あそこの空気にも馴染んできたんだ。執行部の仕事もやりがいがありそうだけど、やっぱり僕はガードでやっていきたい。

「安佐間さん以前に、僕が異動を希望しないです」

「仕事では振られたか」

「プライベートでＯＫしたんだからいいじゃないですか」

自然と小声での会話になって、互いの距離も縮まっていく。あいだにテーブルを挟んでるから限界はあるけど、こそこそ話が通るくらいには近くなった。

「こっちでも諦める気はないぞ。数年計画で口説くから、そのつもりでな」

どこまで本気なんだろうね。けど数年後には、本当に自分が執行部にいそうでちょっと怖かった。

ぱちっと目を開けて、飛び込んできたのが極上の美形の顔だったら、大抵の人は驚くと思う。

僕もそうだった。気持ちのいい眠りから意識が浮上して、すっきりと目が覚めた……ら、晃雅さんがいたんだ。

叫ばなかった僕を褒めて欲しい。

「おはよう」

「お……おはよう、ございます……」

挨拶は返したものの、思考は停止状態だ。なにがどうなってるのか、さっぱりわからない。

なんで僕、晃雅さんの腕のなかにいるの？　なんで僕の部屋より広くて、大きなベッドで二人して寝てるの。

クロスの色は一緒だ。けど、高さが違ってたし、天井の広がりがいつもよりあるっていうか……つまり部屋が広い気がした。ベッドの寝心地も違う。

「こ……ここ……」

「俺の部屋だ」

「なんでっ？」

「昨日、帰りの車のなかでおまえが寝て、起こすのも忍びないからそのまま連れて来た」

「いや、あの……」

「部屋の番号を知らないんだ」

そういえば教えあってない。けどそれは理由にならないはずだ。だって訊けばいい話なんだから。僕を起こすとか、それがダメなら安佐間さんに訊くとか。

しかもどうやって連れて来たんだろう。肩に担《かつ》ぐ感じだよね？　間違ってもお姫さま抱っこじゃないよね？

思わず自分の格好を見てほっとした。昨日のままだった。

「誓ってなにもしてないぞ」

「信じます」

「それもどうかと思うんだが……」

男としてそれは複雑だ、なんてブツブツ言い出した。なんで。信用されてないよりされてるほうがいいじゃん。

「と、とにかく起きますっ」

自分の部屋に戻って着替えて事務室へ行かなくちゃ。ちらっと見たらあと三十分しかなかった。

「なんでもっと早く起こしてくれなかったんですか」

「間にあうだろ？」

「あいますけどもっ」

言いながら晃雅さんは離してくれなかった。片方の腕はしっかり僕の腰にまわされてるし、もう片方の手は背中を抱え込むようにしてホールド状態。

無理だ。だって力で敵《かな》うわけないし。

思ってたより厚みのある胸板に顔を押しつけられて、もうどうしたらいいのかわからない。着痩せするんですね……。

「次の機会は、服なしでな」

「っ……」

ぶわっと赤くなった僕を見て笑って、晃雅さんは僕ごと起き上がった。わぁ、力持ち。っていうか、腹筋すごい。

とりあえず洗面所を借りて顔を洗って、私物を持って部屋を出る。誰かに目撃されないように注意してドアを開けて、人影がないことを確かめてから廊下へ。

なぜか晃雅さんもついてきた。そのまま僕の部屋まで！　さすがに途中で何人もの人に見られて、一様にぎょっとした顔をされた。「やっぱり」とか「そんな」とかいう声も聞こえたけど、聞こえなかったことにした。

執行部はそれでもまだマシだった。問題はガードのエリアだ。僕と晃雅さんが一緒に歩いてるところを見て、あちこちで阿鼻叫喚なんだけど。慌ててどこかにメールしたり電話したりしてるのは、なぜですか。

あ、そういえば僕のスマフォ。って取り出してみてびっくりした！　電話の着信が二十七件、メールが十二件！

すべてガードの人たちからだった。安佐間さんからの電話もメールもあった。メッセージも五件くらい入ってたよ。

とにかくまず謝ろう。

晃雅さんと一緒に自分の部屋に入って、着替えてから一緒に事務室へ行った。

着いたのは定時の五分前だった。

「てめぇっ、このクソ野郎！」

翔太くんを出し抜いて僕を連れ出したことを、安佐間さんは大層怒っていた。あと電話とメールを無視したことも。

晃雅さんは言い訳せずに、ただ一言「すまなかった」って謝罪して、その潔《いさぎよ》さに免じてなのか、舌打ち一つで許されたみたいだった。もちろん僕も平謝り。

「で？」

「はい？」

「一泊デートしたってことは、あれか。くっついたって解釈でいいんだな？」

「あ、はい。その……お付き合いすることになりました」

って言った途端に、事務室にいた何人かが悲鳴を上げた。野太い悲鳴って怖い。

安佐間さんは「はー」と溜め息をついてた。諦めっていうか、仕方なさそうっていうか、そんな感じだった。翔太くんは普通に「そっかー」と言って笑ってくれて、単純な僕は「友達っていいな」なんてほんわかした。

　ちゃんと送って謝罪と報告もすんだ、っていうことで、晃雅さんが執行部へ行くと、待ってましたとばかりに翔太くんや先輩たちが寄ってきた。

「まさかもう食われちゃったとか……っ？」

「まだですっ」

「え、マジか。だって津路さんの部屋に泊まったんだろ？　海琴ちゃんがお姫さま抱っこで連れ込まれるのを見たって、昨日メールが来たぞ？」

「それでもなにもなかったんです！」

　ああ、やっぱりそうだったんだ。恥ずかしい。せめておんぶとか、肩に担ぐとかしてくれたらよかったのに……。それ以前に起こしてよ。

　先輩たちは「代表、すげぇ」とか「超紳士！」とか言って盛り上がってる。安佐間さんが「部屋番号を調べようとしない時点で下心満載だろうが」ってバッサリ斬《き》ったから、すぐそっちに意見が流れていったけど。

「ま、とにかくよかった。そういやいつもと変わらないもんね」

「いや十分甘かったたって。代表、超甘だったじゃん」

　やっぱり傍から見てもそうなのか。ちょっと恥ずかしい。

　安佐間さんは頬杖《ほおづえ》を突いてなにやら思案顔だ。機嫌が悪いってわけじゃないけども、難しい顔をしてる。

「ってことは、もう付き添いはいらないのか」

「まぁ、くっついたわけだしな」

「ただし、夜の一人歩きは禁止だ。誰か付きあってやれ。護衛ってほどじゃないけどな」

先輩たちが納得しかけてたところに安佐間さんの一声が飛んだ。安佐間さんが言うには、晃雅さんを警戒する必要はなくなったけど、例の記者は相変わらずのはずだし、噂に煽《あお》られた連中が僕を狙いかねないから、だって。

「ま、パパラッチは自分でもなんとかしてけ。慣れも必要だ」

「はい」

とにかく肯定も否定もせず、撮られてもある程度は諦めて、自分からはいっさいリアクションするなって言われた。晃雅さんは絶対に肯定も公表もしないはずだから、それにあわせるってことで。進展がなくて、そのうち飽きてくれることを期待。

ランチタイムのちょっと前に、晃雅さんからメールが入った。一緒に、っていうことだったから、思い切って僕の部屋で食べましょうって誘ってみた。

ガードの人たちは口が硬いし、僕と晃雅さんのことを好意的に捉えてくれてるから、こっちの棟なら大丈夫かなって思ったんだ。

で、迎えに来てもらって一緒に僕の部屋に来た。安佐間さんはなにかブツブツ言ってたけど、それだけだった。

簡単なものしか作れないけど、初めて好きな人のために料理をした。ありもののチャーハンと、作り置きのキャベツの酢漬けと、インスタントのスープを出しただけだけど、晃雅さんは美味しいって言って完食してくれた。

ギリギリまで僕の部屋で過ごして、夕食の約束もしてそれぞれの仕事に戻る。あ、僕は午後から講義も入ってるけど。

「ご機嫌だなー」

翔太くんに呆れたように言われた。晃雅さんにまんまと出し抜かれた彼だけど、全然怒ってなかった。心が広い。個人的に晃雅さんが謝罪したっていうのもあるだろうし、翔太くん曰く、もともと恋する男には同情的だった……らしい。

「夕ご飯の約束もしたから」

ただしお泊まりはしない、はず。あれ、どうなんだろう？　もしかしたら食べた流れで……なんてこともあるのかな。

急にドキドキしてきた。

「……いよいよ？」

「ち、違うよ……！」

とっさに否定はしたけど、僕自身どうなるかはわからない。たぶん晃雅さんがそのつもりになったら、絶対僕なんて避けられないと思う。無理矢理って意味じゃなくて、雰囲気作られたりちょっと強引に迫られたりしたら……って意味で。

結局そわそわ落ち着かないまま一日を終えて、ときどき翔太くんとか安佐間さんの生暖かい視線にたじろぎながら買いものに出かけた。まだ夜じゃないからっていうことで、初めての一人歩きをしてるとこだ。

翔太くんは心配してついていこうか、なんて言ってくれたけど、丁重に断った。だってこのまま院を出て行くまで誰かに付いてもらうなんて無理だしね。パパラッチとナンパくらいなら、教えてもらったノウハウでなんとかしのげるはず。

って思ってたんだけど……。

「昨日、津路代表と車で外へ行ったっていう噂、あれ実際のところどうなの？　執行部の四駆がなかったのは事実だし、津路代表もオフだったでしょ？」

前に見たあの人だった。なんだっけ……SSジャーナルとかいうとこの。昨日も中央ビルの前で張ってたんだよね、頑張るなぁ……。

もちろん僕は完全黙秘。相手が身体に触ってきたり、苛ついて悪態をついたら、即座にガードに連絡を……って言われてるから、スマフォを手に身がまえてるとこだ。

「いっそ認めちゃったほうがいいと思うんだよね。真相を話してくれないから、余計にみんな興味持っちゃうんだよ」

煽り立ててる張本人のくせに、って思うのは仕方ないよね。僕の情報を小出しにして、もったいつけてるのは誰だっていう話だよ。

顔も見ないでスーパーへ行こうとしたけど、進行方向に立ちふさがっててじゃま！　避けようとすると同じ方向にずれるし。

思わずムッとしてしまった。

「はいはい、そこまで！」

急に割って入ってきたのはガタイのいいお兄さんたち。僕と記者さんのあいだにさっと割って入って、もう一人が僕に少し下がるように言った。

今度は記者さんが行く手を阻まれてる。僕には近付けないみたいだった。

「強引な取材は禁止だろ」

「そーそー、委員長がご立腹だよ」

僕の護衛をしてたっていうよりも、パトロール中かなにかに、たまたま僕が絡まれてるのを見つけたんだろう。あるいは誰かが通報して、近くにいた人たちが急いで駆けつけてきてくれたのかもしれない。

「いまのうちに」

一人が足止めをしてるうちに、もう一人が僕を促した。

「ありがとうございます」

「どこ行くとこ？」

「スーパーです」

「だったら、こっち。人目に付きにくいから」

記者さんのせいでかなり注目を浴びてしまっていたから、視線から逃げられるのはありがたかった。

この路地を抜けると、スーパーのすぐ近くに出るらしい。

路地って言っても、幅は一メートルもなくて、ビルとビルのあいだの隙間、って言ったほうが正しい気がするけど。

そのまま突き進んでいると、急にガードの先輩だろう人が立ち止まった。

「どうしたんですか？」

問いかけたのと、僕の背後で重そうなドアが開いたのは同時だった。ドアが開いたときに起きた風が背中を叩いて、なにごとかと思わず振り返った。

「ぅわっ……」

手を思いっきり引っ張られるのと、先導してくれていた先輩が僕を突き飛ばしたのはほぼ同じタイミングだった。

バランスが取れなくなって、誰かの腕に飛び込むことになって、叫ぶ間もなく大きな手で口を塞がれた。もがいてもびくともしない。頭のなかはパニック状態で、無駄にしかならないのに僕は闇雲《やみくも》に暴れた。

ドアが閉められて、外と遮断されてしまう。どこかの店の裏口通路だってことはわかったけど、どの店かはわからない。そのまま店舗に連れ込まれて、ここがバーとかスナックみたいなところだって気付いた。

「捕獲成功、と」

「近くで見てもすっげぇ可愛いじゃん」

覗き込むみたいにして顔をじろじろと見られて、僕を見る目にものすごく嫌なものを感じた。ぞわぞわ鳥肌が立った。

店内は薄暗い。窓はなくて、外へ繋がるドアは分厚《ぶあつ》そうだった。カウンターの向こうには、グラスとお酒の瓶《びん》が並んでて、店内の片隅には小さなステージがある。たぶん演奏したり歌ったりする舞台なんだろう。

「騒いでも無駄だよ。ここはさ、防音ばっちりだから」

ようやく口を覆ってた手は離してもらったけど、身体のほうは自由にならない。バッグを取られて、スマフォの電源を落とされてしまった。

無駄にもがく前に、確かめなきゃいけないことがあった。

「ガードの人じゃなかったんですか」

「違うよ。っていうか、俺ら一言も番犬だなんて言ってねーじゃん。なぁ？」

小バカにしたように笑って、僕をここまで誘導した人は、たったいま入ってきた人——記者さんと対峙してた人に話しかけた。

番犬っていう言い方は確かにガーダーの人たちが使わない言葉だ。番人とは言うけど。番犬はガーダーを煙たがってたり嫌ったりしてる人たちが使う言葉のはずだ。

思い込んでしまった僕がバカだったんだ。まだ全員の顔を覚えてるわけじゃないのを逆手《さかて》に取られたんだとしても、彼らがもっともらしく「委員長」だなんて口にして、ガーダーっぽく振る舞っていたからだとしても。

「準備ＯＫ？」

「バッチリ」

後から来た人がハンディカメラをかまえてる。まだスイッチは入ってないけど、レンズはこっちに向いていた。

「じゃ、始めよっか」

「インタビューからいっちゃう？」

「だな」

コーナーソファに放り出すようにして座らされて、両側に二人が陣取った。テーブルは足で遠くに蹴り出されてて、僕の前には広いスペースが出来てるけど、とても逃げられるような状況じゃない。いくら混乱してたってそれくらいのことは理解できた。

「インタビュー……って……」

「自己紹介？　名前と年と……噂の恋愛について語ってよ」

「え？」

メディア関係の人じゃないはずだよね？　だってさっきSSジャーナルの人の邪魔してたし……ライバル？　いやでも、もう一つのグループは硬派なニュースを扱うって聞いてるし……。

「津路ってどんなセックスすんの？」

「おーい、結局自己紹介はすっ飛ばすのかよ」

「やっぱめんどくせーわ。だいたい知ってるしな。それより津路がどんなセックスすんのか興味があるじゃん。あいつ、どうなの？　実はヘタクソとか早いとか、ねぇの？」

「あの顔で早いとかだったらウケる！」

下品なこと言って、頭悪そうに笑う声が、たまらなく耳障《ざわ》りだった。なんでそんなこと知りたがるんだろう。だいたい知らないよ、そんなこと。

ムッとして睨み付けたら、怖い怖いって言ってまた笑われた。

バカにされてるってことくらいわかるよ。けど、こんな人たちにバカにされる理由なんてこれっぽっちもないから。

「どうなの、海琴ちゃん。津路はちゃんと満足させてくれてんの？」

なに言われたって答える気はなかった。まだキスしかしてないって正直に言ったら言ったで、きっと彼らはまた笑うに決まってる。かといって嘘もつきたくないし。

右を向いても左を向いても人がいるわけだから、僕は仕方なくて自分の足もとを見てた。

「津路って淡泊そうじゃね？」

「いやいや、逆に絶倫ってのもありだろ」

「そんなの海琴ちゃんが壊れちゃうじゃん……！　見ろよ、この細腰」

「ちょっ……触らないでくださいっ」

いきなり腰をさすられて、黙っていようと思ったのに口を開いてしまった。触るなって言ったのに手は離れていかなくて、まだ僕の腰のところにある。あまつさえ撫でるように動かしてるから、口で言っても無駄だと悟って手で引きはがそうとした。

その手をつかまれて、目を瞠る。なにこの人。

「指まで細いじゃん」

「ケツも小さいよな。大丈夫か、これ」

「津路とやれてんだから大丈夫だろ」

どうして晃雅さんと経験ずみっていうのが事実みたいに語られてるんだよ。僕まだ清いんだけど。いや別に晃雅さんとしたからって汚れるわけじゃないけども。

キッと睨み付けてもニヤニヤ笑いばかりで、嫌悪感と不快感ばかりが募《つの》る。

いやな予感しかしなかった。インタビューなんて言われたからそっちばかり考えてたけど、この流れでさすがにそれはないって理解する。

どうしよう。一か八か、振り払って逃げてみる？　でもドアまでは遠いし、両隣と正面に人がいる状態だ。店の造り的に叫んだって無駄だろう。

「じゃあそろそろやりますか」

「可愛く撮ってやれよ」

「おー」

「おまえ、後ろから押さえとけよ」

「まず脱がす？」

「うん」

会話はどうにも緊迫感がないけど、やろうとしてることは最悪だ。一人が僕を抱え込むようにして拘束して、もう一人が横から手を伸ばして服を脱がそうとする。正面に立たないのはカメラの邪魔にならないようにだった。

「いやだっ、やめろ……！」

「って言われて、やめるやついないから」

「なんで、こんなこと……っ……」

狙われてるとは言われてたけど、撮影する意味がわからない。これをネタに僕を継続的に脅《おど》そうとか、そういうことなんだろうか？

服を脱がしてる人は手を休めることもなく笑った。

「海琴ちゃんを犯して、それ撮って津路の野郎に送りつけようと思って。で、俺らの言うことを聞いてもらいたいんだよね」

ゲラゲラ笑う声が、彼らの顔が、ひどく不快だった。言われたこと自体も相当なんだけど、笑ってそんなことを言ったり笑えたりする彼らが気持ち悪かった。

目が潤《うる》むのは怖いからじゃない。悔しいからだ。こんなことであの人を苦しめたり悲しませたりしたくなかった。

「執行部入りしたいんだよ、俺ら。代表の推薦なら確実だっていうじゃん」

「そんなこと出来ないはず……っ」

いくら代表だって、独断で登用なんて出来ないはずだ。詐欺事件の話をしたときにそう安佐間さんが言ってた。決定権は学生じゃなくて、理事とか担当省庁の人が持ってるんだって。

間違った認識がまかり通ってるんだろうか。でも詐欺事件でそれはないって認知されたんじゃないの？　それとも誰かが嘘を吹き込んだ……？

「恋人の名誉のためなら、それくらいはしてくれんじゃねーの？　それとも、ほかのヤローにやられたら捨てられちゃう？」

そういう意味じゃない。けど、もしかしたらその通りかもしれないって思ってしまった。もし本当にこのまま犯されても、晃雅さんはいままでと同じように僕に気持ちを向けてくれるんだろうか。優しい人だから、いきなり捨てるとか別れるとか、そんなことにはならないだろうけど、気持ちは変化するんじゃないだろうか。

震えそうになる身体にぐっと力を入れる。違う、そんな人じゃない。むしろあの人は僕以上に傷付いてしまうだろう。

「津路って、ネタがまったくなかったんだよ」

「家族仲も最悪だって噂だしな」

やはり誰か入れ知恵したやつがいる。だって晃雅さんの家庭事情は知られてないはずじゃないか。安佐間さんだって知らないことを、なんでこの人たちが知ってるんだ。

必死にもがいても振りほどけないまま、上半身を裸にされてしまう。

「肌きれいだなー」

「すべすべじゃん」

湿った手で撫でられて、嫌悪感に全身が震えた。

いやだ、こんなやつらに好きなようにされるなんて。しかも晃雅さんを脅す材料にされるなんて。

「触るなっ……！」

「無理でーす」

足を思いっきりばたつかせて蹴ってみたけど、大した反撃にはならなかった。でもさすがに厄介だと思われたらしくて、さっき脱がした服で後ろ手に縛られてしまう。手を押さえないでいい分、足を押さえようっていうことらしい。最悪だった。

「しっかり力入れとけよ」

「わかってるって」

「涙目の顔、アップな」

「してるよー」

顔を撮られないように横を向くと、手で強引に正面を向かされた。だったら泣き顔なんて見せないようにしないと。ここで僕が泣いたりしたら、これを見る晃雅さんは余計に気を病むはず。大した違いはないだろうけど、睨んだほうがきっとマシなはずだ。

「お、意外と気が強いんだ？」

「いいじゃん。それを泣かせるのって最高」

どこまで悪趣味なんだ、この三人。人を傷つけようっていうのに、みんなニヤニヤ笑ってて、罪悪感なんて欠片《かけら》もなくて。

ああ。ほんとにいやだ。こんなやつらに晃雅さんまで傷つけられるなんて——。

突然ドカン、って大きな音がした。音と一緒に、気のせいかもしれないけど少しだけ揺れたような気もした。

僕だけじゃなく、三人とも怪訝そうな顔をしてる。

「地震……？」

誰かの呟きにかぶせるようにして、また大きな音と振動が。それも二箇所——表のほうと裏のほうでした。

「おい、まさか……」

「バレたのかっ？」

そうして表のドアが大音量と同時に破られて、人が雪崩《なだ》れ込んできた。一瞬遅れて裏のドアが破られたらしい音もした。

「海琴！」

晃雅さんの声だ。安佐間さんもいて、やっぱり僕の名前を叫んでくれてたみたいだけど、都合のいい僕の耳は晃雅さんの声だけ拾ってた。

「抵抗すんじゃねぇぞ」

突然の事態についていけないのか、三人はあたふたしてる。

飛び込んできたのは二人だけじゃない、翔太くんとか武藤さんとか、顔見知りの先輩たち——総勢で十人近くいた。

晃雅さんの顔を見て、全身から力が抜けた。ほっとして、目の奥が熱くなった。

僕を抱えたままの男を睨み付けて、晃雅さんが殴りかかってこようとする。目が怖い。こんな晃雅さんは見たことがなかった。

「ダメです……！」

拘束は緩くなってるから、簡単に抜け出すことができる。手は使えないけど、ぶつかるようにして晃雅さんの胸に飛び込んだ。

「海琴……っ」

ちゃんと受け止めてもらえた。殴る動作に入ってたし、殺気みたいなものまで出てたけど、晃雅さんは僕を抱き留めてくれた。

殴るのはだめだ。抵抗したり暴れたりしてる相手にガーダーが腕力に訴えるならともかく、いまの彼らはひたすらおろおろしてるだけだし、晃雅さんは執行部の人だ。殴ったりなんかしたら立場が悪くなってしまうかもしれない。

「僕は大丈夫だから」

「本当か？」

「はい」

脱がされたけどまだ上半身だけだし、ちょっと触られたくらいだ。怖かったというよりも気持ち悪いってほうが強い。

晃雅さんは僕を見つめた後、きつく抱きしめてきた。

そのあいだにも捕りものは続いてて、三人は完全に捕縛された。さらにガーダーは増えて、表にはワンボックスカーも付けられたらしい。店の前をシートで覆って連行する彼らを見えないようにするみたいだ。配慮というか、今回の件をひそかに処理するために必要なんだろうな。だから指示する安佐間さんは不機嫌なんだと思う。

「カメラ回収したか？　追加が来たら、現状の保存な。あと野次馬の整理」

「はい」

翔太くんはかなり僕のことを気にしてたけど、表にたむろしてるらしい野次馬に対処するために先輩たちと出て行った。目があったから頷いたら、少し安心したような顔をしてた。

「おい、いつまでそうしてる気だ」

安佐間さんの呼びかけに晃雅さんは答えない。相変わらずぎゅうっと僕を抱きしめたまま身じろぎもしないいんだ。

顔はしかめっ面《つら》で、特に動揺してるようには見えないのに、僕の身体にはかすかな震えが伝わってくる。

本当に心配させちゃったんだな。

安佐間さんに、どうしよう……って視線を送ったら、ものすごく大きな溜め息をつかれた。

「そのまま帰れ。事情聴取は明日でいい。いま、もう一台車をまわさせる」

「はい」

抱きしめられたままだから、ちょっと声がくぐもった。口のあたりが晃雅さんの胸に押しつけられたままなんだ。

聞こえてるはずなのに晃雅さんは返事をしなかった。

迎えを待つあいだに腕の拘束を解いてもらって、よれよれになったシャツを着せてもらう。縛った跡もあってみっともなかったけど、着ないよりはマシだ。

そのうち準備が出来たとかで、捕縛された三人がワンボックスカーで連行されていって、僕たちは続けて四駆に乗り込んだ。シートの目隠しのおかげで人に見られることもなかった。同じビルの二階や三階からの視線も考慮してたあたりがさすがだと思ったよ。

晃雅さんは僕を連れ出すとき、肩を抱いて、もう一方の手で僕の手をしっかりつかんで、ときどき気遣うようにこっちを見てた。

「大丈夫」

たぶん晃雅さんが思ってるよりショックは大きくない。襲われたのは確かなんだけど、性的な意味合いっていう点では実感は薄いんだ。まだ序の口だったからだろうけども。

四駆は執行部の駐車場に停められて、裏口からビルに入った。晃雅さんは僕を自分の部屋に連れて行く。なにも言われなかったけど、僕も一人で自分の部屋に戻る気分じゃなかったから、おとなしくついていった。

最上階の広い部屋に来るのはこれで二度目だ。来てすぐに、僕はバスルームに押し込まれた。

「後で着替えを置いておく」

「はい」

触られたままなのは気持ち悪いから、しっかりシャワーを浴びて身体を洗った。用意してくれた着替えはパジャマだったけど、上も下も大きくて袖とか裾とかがずいぶん余った。肩も落ちちゃってるし、胸元もちょっと大きく開いてるし。

「あの、ありがとうございました」

「……ああ」

晃雅さんは目を細めて僕を見つめてる。うん、さっきよりは落ち着いてるみたいだ。顔だけ見てるとわからないけど、あれかなり動揺してたと思うんだよね。たぶん僕のほうがずっと冷静だったと思う。

ソファに座ってた晃雅さんの隣に行って、ぴとっとくっついてみる。

甘えたい気分なんだ。そんなにショックが大きくないって言っても、やっぱりいろいろときつかった部分はあるわけで……。

「無事でよかった」

「はい」

「心臓が止まるかと思った……」

「ごめんなさい。油断、しちゃって。あの、でもどうして僕があそこにいるってわかったんですか?」

到着がかなり早かったように思うんだ。どうやって僕が襲われてるって知って、居場所まで特定できたんだろう？

「安佐間が、おまえのバッグに発信器を仕込んでおいたらしい」

「え……」

「俺が勝手に外へ連れ出しただろ。あの後、つけたそうだ」

なるほど、だからか。そうなると大事に至る前に助けてもらえたのは、晃雅さんが僕を連れ出したおかげ、ってことになる。

「その前に通報もあったしな」

「通報ですか？」

「おまえが記者に絡まれてるっていう」

「ああ……」

つまり通報を受けてガーダーの誰かが現場へ行ったところ、すでに別のガーダーによって逃がされたという証言を得た。それはおかしい、ということになり、発信器で位置を確認の上、突撃をかけてきたそうだ。

さすが、機動力がすごい。

「本当に大丈夫なのか？」

顎《あご》を取られて、覗き込むようにされてじっと見つめられる。ドキドキしたけど、ここは晃雅さんを安心させるためにも目を逸らしちゃダメだと思った。

「来てくれたから大丈夫です」

「本当だな？　無理してないんだな？」

心配性だなぁ。それだけ僕のことを思ってくれてる……ってことだよね。単に僕が危なっかしいのかもしれないけども。

「してないです。晃雅さんの顔見たときはちょっと泣きそうになりましたけど」

すごく安心したし、あなたが好きだなって再確認した。手が自由だったら、全力で抱きつきたいって思った。

「嫌な目にあわせて悪かった。あれは俺のとばっちりだろ」

黙ってかぶりを振る。晃雅さんはまだ彼らの目的を知らないから、きっと単に僕が目を付けられたと思ってるだろう。

どうせすぐに真相はわかってしまうけど、いまはあえて言わないことにした。

それよりもね、大事なことがあるから。

「あの……」

「うん？」

僕を見る目が優しい。いつもだけど、いま一番そうなってるし、労《いたわ》りとか気遣いとか、そういう色が前面に出てる。これはこれで嬉しいし好きだけど、もっと焦《こ》がれるような……ぶっちゃけて言うと、僕を欲しがってるときのような目が、いますごく見たいんだ。

「か……覚悟、できました」

「海琴」

「こんなときに、って思うかもしれないけど……こんなときだから、つけ込んじゃって欲しいです」

自分から誘うのって難易度高すぎる。どうやったら引かれないですむのかわからないし……だから、僕に出来るのはこの程度だ。

ためらうような様子の晃雅さんは、僕を見つめて小さく嘆息《たんそく》した。でも呆れてる感じじゃないと思う、たぶん。

「やりたい盛りだ、って言っただろ」

「うん」

でも理性的な人だよね。僕が寝ちゃってお泊まりしたって、なにもしないでいられた人だ。ガードの人たちも紳士だって大絶賛だったたし。

って教えたら、さらに大きな溜め息をつかれた。

「明日にはその評価が覆《くつがえ》ってそうだな」

苦笑を浮かべて、それからすぐに真剣な顔になって——。

「どうしてもダメだったら言ってくれ」

「……はい」

「止めらなかったら、ごめんな」

それってダメって言っても無駄かもしれないっていう宣言ですか。いやまぁ、たぶん大丈夫だと思うけども。

近付いてくる端正《たんせい》な顔に、やっぱりまたドキドキして、重なる唇にカッと胸が熱くなる。

でも今度は触れるだけじゃなかった。昨日みたいに何度か角度を変えて重なった後、唇を舐《な》められて、気がついたら舌が入ってきてた。

歯列《しれつ》をなぞったり、僕の舌に絡んだり……ぞくぞくっとあやしい痺《しび》れが肌を撫でていく。

ディープキスは初めてじゃないはずなのに、全然違う。僕が知ってるのは、舌がこう……ごそって入ってきて、ムチャクチャに動きまわる感じで、こんなふうに気持ちよくなるキスじゃなくて……。

「ん……」

鼻から抜ける息が甘ったるい。力がうまく入らない。

頭のなかがとろんっとして、身体の芯が熱を持つ。キスっていうのはただの儀式みたいなもので、それ自体が気持ちよくなるものじゃないと思ってたのに。

舌先を吸われて、小さく声が出た。

そうやってずいぶんと長くキスされてた気がする。してるっていうより、されてるっていう感じなのは、僕がろくに応《こた》えられなかったからだ。

晃雅さんが離れていったとき、僕はくったりと彼にもたれかかってた。

「シャワー浴びてないが、いいか？」

舌がもつれてうまくしゃべれなくて、頷くだけの返事をした。

全然平気だよ。むしろここで何分も放っておかれたら虚しくなっちゃうかもしれない。

すっと抱き上げられて、ソファから寝室のベッドへ運ばれる。昨日もこうやって運んだのかな。なんでこんなに軽々なの。

ベッドに下ろされて、パジャマのボタンを外されてく。僕を怖がらせないようにするためなのか、そのあいだも何度か触れるだけのキスをされた。

慣れてる気がするんだけど、どうなのかな。比較できないから、よくわからない。でもあっという間に裸にされちゃった。

それから晃雅さんは自分の服も脱ぎ始めた。

服の上からでもそうだろうなってわかってたけど、やっぱりいい身体だ。首から肩のラインがきれいで、くっきり浮き上がった鎖骨《さこつ》もきれい。腹筋はきれいに割れてるし、腰もぎゅっと絞れてて、なんだかエロい。

いろんな意味で恥ずかしくなってきた……！　比べちゃうと自分の身体が恥ずかしいし、格好よすぎて恥ずかしい！

あわあわしてるのを見たせいなのか、晃雅さんはくすっと笑って、ジーンズのボタンを外したところで手を止めた。

「男の裸なんて、なんでもないだろ」

「こ、晃雅さんのはなんでもなくないんですっ」

「海琴のもだな。きれいで……美味そうだ」

そんな艶っぽい声でなに言ってんの……っ。ああ、思いっきり肉食獣みたいな顔した。でも超格好いい。

やっぱり二十歳って嘘だよね。最低でも五歳はサバ読んでるよね。

大きな手が僕の腰から腿《もも》までを撫でて、あやうく声が上がりそうになる。

なんで。いまの、気持ちよくなるところじゃないよね？

「白いな。痕《あと》が目立ちそうだ」

肌が白いのも僕のコンプレックスなんだけど、晃雅さんが嬉しそうだからもういいかって思った。

身体のことでは、いろいろあるんだよ。筋肉が付きにくいとか、身長が足りないとか、顔が男っぽくないとか、いろいろね。

じっと見つめてると、晃雅さんは「怖いか」って訊いてきた。

だから僕は正直に答えた。

「ちょっと。でも晃雅さんだから大丈夫」

この人は絶対に僕を傷つけない。ちょっとくらい痛かったり苦しかったりすることはあるかもしれないけど、この人にされることだったらきっと大丈夫だ。

腕を伸ばしてそっと抱きつくと、晃雅さんは僕の背中を支えながらベッドに倒れ込んだ。

もう一回キスをして、そのあいだに身体中をまさぐられる。あちこちに、ぴくっと反応する場所があって、それを見つけるたびに晃雅さんはそこを弄りまわした。

キスが離れていって、頬から顎、首へと唇が滑っていく。首の付け根あたりで強く吸われて、びくっと身体が震えてしまった。

なんかもう、すでに身体が熱い。キスとか撫でられたりとかで、僕の身体はかなり火をつけられちゃってる。

鎖骨を噛まれて、くぼみのところをざらっと舐められるのも、ちょっとだけ気持ちよかった。

胸を触られたときはびっくりしたけど。

最初はなんでもなかったんだ。舐められてるとか、摘まんでるとか、ただそれだけだった。のに、だんだんと感覚があやしくなってくる。じわんって甘いようなくすぐったいような痺れに近いものを感じるようになって――。

「あんっ……」

いま軽く噛まれて、びっくりするような声が出てしまった。

なんだこれ。あん、ってなんだよ、あんって。こんなの気持ち悪いだけだよね。絶対晃雅さん引くよね?

硬直してしまったらしい僕に気付いて、晃雅さんは気遣わしげな視線を送ってくる。愛撫《あいぶ》の手も止まってた。

「どうした?」

「え……いや、声が……」

「可愛い声だったな」

「か、可愛い……」

気持ち悪いじゃなくて? あばたもえくぼっていうやつなんだろうか。でも僕に気を遣ったとかじゃなくて、本気でそう思ってるらしいから、いいのか。

考え込んでたら、さんざん舐めてた乳首をきれいな指先できゅっと強めに摘まれた。

「ぁう……っ、や……ああ……ん」

指でコリコリされて、じっとしていられないほど感じてしまう。腰をくねらせて喘《あえ》いで、もう片っぽも口に含まれて舌先で転がされて、気がつけば僕はあんあん声を上げてた。

どうしよう、気持ちいい。なんの意味もない場所だと思ってたのに、こんなに気持ちがいいものだったなんて。

僕の反応が気に入ったのか、晃雅さんは執拗《しつよう》にそこばっかり弄ってくる。触られすぎて、痛いと気持ちいいのあいだくらいの感覚に悶《もだ》え続けてることになって、ようやく解放されたときには僕の胸は真っ赤になってた。

「ん、ぁ……」

唇が離れていった後も、濡れたそこが空気にさらされるだけで感じてしまった。

恐ろしいことに、感じるのはそこだけじゃなかった。腰骨のところとか、おへその少し上のところとか、キスされたり歯を立てられたりするだけで、びくびく跳ねるほど身体は反応した。

なにが起きてるのかわからない。これは本当に僕の身体なんだろうか。

身悶える僕を楽しそうに見つめながら、晃雅さんは膝から腿の内側をするりと撫で上げる。くすぐったいような、気持ちがいいような、自分でもよくわからない感覚だ。

そうしてとうとう指先が僕のものを捉えた。

「あぁ、っ……」

思わずのけぞってしまう。手のなかでゆるゆると扱《しご》かれて、その気持ちよさに僕はみっともないほど喘いだ。

だって人の手なんて初めてなんだ。それも好きな人の手だよ。

そう、初めてなんだ。それがすごく嬉しかった。

手でかなり高められた後、今度は口で愛撫されたけど、気持ちがよすぎてどうにかなっちゃうんじゃないかと思った。

根もとから先端までを舐められて、舌が絡みついて、先のくぼみを突かれて、強く吸われて――。

「やっ、あん……ダ、メ……ああ、ぁっ……！」

さっきから視界がぼやけてるって思ったら、泣いてたらしい。

ひときわ強く吸われて、頭のなかで閃光が弾けた。いっちゃったんだ、って気付いたのは、呼吸が少し整った頃だった。

顔はもう涙でぐちょぐちょだ。絶対ブサイクなはずなのに、そんな僕を見て晃雅さんは可愛いって言ってくる。目がおかしいよ。

力が入らなくてくたっとしてる僕の脚を大きく開かせて、晃雅さんは吐き出したばかりの僕のあれを最奥《さいおう》に塗りつけた。

何度か撫でてから、指がゆっくり入ってくる。

ひどい違和感だ。なかにあるのが晃雅さんのあのきれいな指だと思うと、なんだかひどく申し訳ないように思える。

「痛くないか」

「だい、じょ……ぶ」

痛くはないけど、熱い。何度も擦られて、違和感がなくなっていくのと同時に、むずがゆいような変な感覚が生まれてきた。

指が増やされると、また違和感。けど今度もまたすぐに馴染んで熱さとむずがゆさに変わった。

なんだろう、これ。もっと強くして欲しいような、奥まで弄って欲しいような……。気がついたら僕は自分から腰を擦りつけにいってたらしい。自覚したときには顔から火が出そうだった。もともと泣いてたから、涙目はいまさらだった。

「なん、でっ……」

「もっとか？」

うん、そうなんだけど、頷くのは恥ずかしい。目をつぶって指の背を噛んでたら、察してくれたのか指がもう一本増やされて、ぐりぐりとかきまわされた。

「あぁっ……いや、ぁ……っああ……！」

急に壮絶な快感が襲ってきて、僕はシーツに爪を立てた。背中が勝手に浮き上がって、悲鳴じみた声を上げてた。

同じところを何回か弄られて、軽く意識が飛びそうになった。

そのまま身体をひっくり返されて、腰だけ高くさせられて、さっきまで指で容赦なく弄りまわされてたところを今度は優しく愛撫される。

温かくてぬめったものが出たり入ったりしてる。

「あ、ぁん……」

そうやってまた、指が深く入ってきた。

動きにあわせて腰が揺れる。別に意識してるわけじゃなくて、無意識にそうなってた。晃雅さんは根もとまで入れた指を捻《ひね》ったりしながら出し入れしてたけど、それを全部引き抜いた後、僕の耳もとで「いいか？」って囁いた。

正直なにを言われてるかわからなかったのに、僕は頷いてた。艶っぽくて甘いその声に逆らうなんて考えられなかった。

後ろに熱くて固いものが押し当てられて、それがじりじり入ってきた。

「あっ……あ……」

ここでようやく、さっきの問いかけの意味を理解した。遅いけど、きっとわかってても頷いたはずだからかまわなかった。

押し開かれる感覚はつらかったけど、慣らされたせいか痛みはそれほどでもない。肺から押し出される息は、声にまではならなかった。

まだ入るのって思うくらい奥まで押し入られて、ようやく晃雅さんの動きが止まった。

小さく息を吐くのが聞こえる。それがまた色っぽいんだよね。顔見たかったな……けど、そしたら僕の顔も見られちゃうから諦めよう。

「は……入っ……た……？」

「ああ」

こんなこと訊くのも恥ずかしかったのに、気がついたら口にしてた。晃雅さんはふっと笑って、僕の手をつかんで後ろへ持っていく。

自分の指で結合部分をなぞるはめになって、顔が真っ赤になった。

なんでこんなことさせたんですか……！

「ちゃんと最後まで入ってるだろ」

もう勘弁して。恥ずかしいってことに対する基準とか耐性が、僕と晃雅さんじゃまったく違うんだ

ってことはわかったよ。

それから背中を撫でられたり、肩胛骨《けんこうこつ》あたりにキスされたりしてから、晃雅さんは僕に気を遣ってゆっくり動き始めた。

ぞくぞくっと背筋が震える。深く入りこんでたものが抜かれていって、それからまた奥まで突き上げられて――。

「あぁっ……！」

快感が頭のてっぺんまで走り抜けた。前を触られて、またそっちが高まってたせいもあるけど、後ろも気持ちがよかったんだ。

それから向かいあう形に体位を変えて、晃雅さんの上に座るような形になって、さっきまでよりも激しく突き上げられた。

ぐちゃぐちゃになった顔を見られちゃってるけど、それを気にする余裕もなくなってたし、晃雅さんの顔を見ることも忘れてた。っていうか気持ちよくて目が開けられない。

「海琴……愛してる……」

両手で晃雅さんにしがみついて、そのまま絶頂へと押し上げられた。

甲高い嬌声《きょうせい》が自分のものだなんて信じられなかったけど、そんなことはどうでもよかった。頭のなかは真っ白で、いった後はふわふわしてて、深いところで晃雅さんの出すものを受け止めることさえ心地よかった。

満たされるってこういうことかと思った。

好きって気持ちがあふれて、すごく幸せな気持ちになって、息づかいとか体温とか汗とか、そんなものまで愛おしくて。

身体もだけど、心も気持ちいい。

ベッドに戻された後、晃雅さんの広い背中にしがみついてた手が、ぱたりとシーツに落ちた。汗で張り付いた髪をかき上げられて、そっと目を開ける。長い指がまず視界に入って、それからまぶしいくらいきれいな晃雅さんの顔が見えた。

凶器かって思うくらい、艶っぽい。男の色気があふれてる。やっぱりこの人、二十歳とかあり得ないよ。

「晃雅、さん……」

「気分悪くないか？」

「平気」

むしろ気分はいいです。あなたの顔見てるだけで幸せな気持ちになれそう。だって僕のことが好きで大事でたまらないって、顔に書いてあるから。そんなに聡いほうじゃない僕でも、はっきりわかるくらいに。

投げ出してた手を持ち上げて、晃雅さんの頬に触る。たぶん自然に微笑《ほほえ》んでるはずだ。

「好きです。大好き」

「俺を殺す気か」

「あ、ぁ……あれ……？」

顔も声も嬉しそうなのはいいんだけど、なんか……僕のなかで晃雅さんがものすごく存在を主張してる。

え、嘘。好きって言っただけで？

疑問というか戸惑いが顔に出たみたいで、晃雅さんはふっと笑った。

「だからそういう年なんだよ、これでも」

「やっ、ん……」

胸をきゅっと指で摘まれて、反射的に後ろが晃雅さんを締め付けた。それでまた晃雅さんのものが育って――。

結局そのまま僕らは二回目の行為に雪崩れ込んでしまったのだった。


翌日、僕は午後から安佐間さんたちの訪問を受けた。もちろん場所は晃雅さんの部屋だ。前日の事件についての調書のためだった。

ちなみに訪問者は安佐間さんと武藤さんだ。

ソファに座って出迎えた僕の顔を見て、溜め息をつかれてしまった。

「やっぱ、やりやがったか」

でもそれだけだった。わかってて僕を晃雅さんに預けたんだろうから、いまになってとやかく言うつもりはないらしい。

とにかく事情聴取だ、って言って、安佐間さんはドカッと床に座った。場所変わろうとしたんだけど、いいって言われてしまった。

「腰、つらいんだろ」

「あああ、安佐間さんっ……」

顔から火が出てる。いま絶対出てる！　武藤さんは苦笑してるけど、安佐間さんを咎《とが》めるまではしないし、晃雅さんは涼しい顔してるし。

いまの、安佐間さんじゃなかったらセクハラだよ。

「何回やられた？」

「い……言いませんっ」

「なるほど、一回じゃすまなかったってことだな。まぁ、そこは予想通りか」

「はい？」

予想って……。いますぐ逃げたい。穴があったら入りたい……なくても掘って入りたいくらい恥ずかしい。

「おい、丁重に扱ったんだろうな」

「当然だろ」

突然の振りにも晃雅さんは動じなかった。

「本当か？」

「ほ、本当です」

「ふーん。ま、無茶させせんなよ。あとさ、変なプレイは教えるな」

「特殊な嗜好《しこう》はない」

「そりゃよかった」

真面目くさった顔でそんな話をしないで欲しい。武藤さんはもはや聞いてないって顔してるし、僕は一人でおたおたしてるし――。

「まぁいい、本題だ」

さっと仕事モードに入った安佐間さんに、ちょっとだけ呆気《あっけ》に取られた。切り替えが早すぎてついていけない。

それでも促されるまま、昨日のことを話していった。連行された人たちからはすでに話を聞いてるだろうから、補足の意味もあるだろうし、齟齬《そご》がないかどうかを確認するためでもある。

記者さんに絡まれたところから、ドアをぶち破る音がする寸前までを、覚えてる限り詳しく話した。

そのなかには彼らの狙いや、僕の疑問も含まれてた。

途中、ちらっと晃雅さんの顔を見た。一応ね、安佐間さんが来るまでに話しておいたんだけど……もう大丈夫かな。目的が晃雅さんを脅すためだったって言ったときは、自責の念に駆られて大変だったんだ。

「ほぼ一致するな」

「違うところもあったんですか？」

「っていうか、あいつらがおまえに言わなかった部分が少しな」

なんだろう？　まだなにかあったのか。それって晃雅さんがまた気にしちゃうようなことなんだろうか？

「パンクとドラッグの売買もあいつらのしわざだった。パンクはただの嫌がらせだな。ドラッグは小遣い稼ぎも兼ねてたそうだが、主目的は津路の評価を落とすことだったらしいぞ」

「ついでに委員長のもですね」

「ゴミくずの考えそうなこった。で、おまえっていう格好のネタが出てきたから、路線を変更したわけだな」

そういえば、あの人たちは晃雅さんには隙がなかった、みたいなこと言ってたっけ。ネタっていう言い方だったけど。

安佐間さんは僕を見て、それから晃雅さんに目を移した。

「やつらに入れ知恵したのは杉本だ。元会計課のやつらとは別口で、こっちも動かしてたんだ」

「……執念深いな」

特に驚いた様子もなかった。予感めいたものがあったのか、それともその杉本って人ならいかにもやりそうってことなのか。

どっちにしても本当に執念深いよね。どれだけ晃雅さんのこと恨んでるの。そもそも自業自得だと思うんだけど。

「杉本とは連絡が取れてねぇんだが、上を通して父親に報告してもらった。杉本の親父は文科省の官僚なんだよ」

退職まではいかなくても、父親の出世には響くだろうって。前回のことはとりあえず父親の立場にまでは波及はなかったらしいんだけど、今回は無理みたいだ。本人は留学して、アメリカで楽しく学生生活を送ってるらしいから、ちょっと理不尽《りふじん》だよね。

「さすがの父親も今度は本気出すんじゃねぇの。なにしろ自分にまで影響きちゃったわけだからな。次回があったら、終わりだろ」

安佐間さんが苦々しい顔なのは、予想通り今回の件が表向きは「仕込み」として処理されることになったからだ。誘拐監禁事件も暴行未遂事件も、あとパンクも、書類上は「プログラムの一環」っていうことになってしまった。もちろんあの三人は取引を交わした上でしばらく仕掛け人として使った後、除籍するらしい。この間の二人と同じだ。

「おまえ、しばらく外へ出るなよ」

「僕？」

「目立つ真似したからな、記事は止められなかった」

「あ……」

あれだけ大きな音立ててドア破ったり、シートで覆って車を二台も出したりしたもんね。野次馬も大勢いたみたいだし、当然か。

後で見てみようか……いや、なんか怖いからやめとこう。

とりあえず概要だけ聞いたら、僕が三人組に攫《さら》われて、襲われかけてたところに救出が入って無事だった、って感じみたいだ。うん、間違ってない。ドラッグのことは公表しないことになったそうだ。噂は蔓延《まんえん》するだろうけど「事実ではない」っていうスタンス。

とにかく杉本っていう前任者はあの手この手でいまの修習院を荒らして津路さんの評価を下げたかったみたいだ。無駄なことにエネルギー使うよね、遠い外国からわざわざ。

「って感じだな、とりあえず」

「ありがとうございました。来てもらっちゃってすみません」

頭を下げたら、チッて舌打ちされた。

「こいつが、海琴は歩けねぇとか言いやがるからだ」

「歩けます……っ」

さすがにそこまでじゃないよ。つらいし、力は入らないけども！

「嫌なことは嫌って、キッパリ言うんだぞ」

「はい。でも大丈夫です」

晃雅さんは僕が本当に嫌がることはしないから。いやあの、してる最中に泣きは入ったけど、あれも本気で嫌だったわけじゃないからさ。

ちらっと晃雅さんを見たら、なんでか満足そうな顔をしてた。

「ドヤ顔すんな、ムカツクわ！」

ケッと吐き出して、安佐間さんは立ち上がる。もう用はない……っていうか、むしろ一刻も早くここから出たいって顔してる。武藤さんは苦笑してるだけだけど。

見送りに出ようとしたら、黙って手で制された。

「じゃあな。明日からちゃんと出てこいよ」

「はい。あ、そうだ。もう夜でも一人歩きはＯＫですよね？」

夜だけはって言われてたけど、あの三人もいなくなるわけだし、ドラッグも出まわらなくなるはずだから、夜の町の治安もよくなるはずだよね。

そう思ったのに、僕以外の三人が揃って溜め息をついた。

「ダメに決まってるだろ」

「頼むからやめてくれ」

「危ないよ」

溜め息の後、一斎に否定されてしまった。意味がわからない。

「でも……」

「あのね、海琴くん。津路代表ってさ、院内でも一、二を争ういい男なわけ。しかもこれまで浮いた噂一つなかったんだよ」

「はい」

「その人が夢中になってる子……ってわけで、君の注目度はとっても高い。君が思ってるよりずっと興味を持たれてるんだ。なんていうのかな、津路ブランド？　みたいな」

知らないあいだに、僕には謎の評価が与えられてたらしい。確かにブランドに弱い人はいるよね。それだけでいいものって思いがちだよね。でもよく理解できない……。どういう状況かはなんとなくわかったけど。

「ぶっちゃけて言うと、おまえを食いたいやつは多いってことだな。あと、おまえに近付いて、こいつと繋がりを持とう……とか」

ああ、それは即理解。あれですね、将を射んと欲すればまず馬を射よ……ってやつ。そっか、僕を利用しようとか考える人も出るかもしれないんだ。安佐間さんにも近いし。

「気をつけます」

「海琴。前半もちゃんと理解しろ」

晃雅さんに諭《さと》された。前半ってナンパ方面だよね。うん、それもちゃんとわかってるから、気をつけるし。

うんうん頷いてたら、また三人揃って溜め息つかれた。

「当分、誰か付いてねえとだめだわ」

「危ない目にあったのにね」

「早く助けすぎたな。ケツに指突っ込まれるくらいまで待てばよかったか」

「安佐間」

晃雅さんの低い声が、それはもうひっくーい声がして、さすがに安佐間さんも「はいはい」って降参のポーズを取った。失言だったと思ったらしい。

「とにかく当分は一人歩き厳禁だ。いいな？」

決定事項を告げて安佐間さんたちは帰って行った。

仕方ないんだろうけども、外より危ないってどういうこと。だって僕、ついこのあいだまで普通に一人歩きしてたよ？　留学だってしたんだよ？　そりゃ治安がいいって評判の地域ではあったけど。仮にもここ学校だよね？

いろいろと言いたいことはあったけど、晃雅さんに言っても仕方ないから黙ってた。たぶんこの人が一番心配性だろうし。

「外へ行くときは俺が一緒に行く」

「……はい」――

ここまで来たら、目立つとか記事にされるとかを気にしてもしょうがないんだろうな。だってたぶん手遅れだ。みんなが飽きることを期待しよう。

「出来ればこっちで暮らしてくれ」

「いいのかな」

「毎日泊まってる、って形なら問題ない。向こうの部屋はそのままでな」

「そっか」

それならいいかな。どうせ仕事で抜けられないとき以外は一緒に夕ご飯食べるんだろうし、ここは広いしね。

よし、頑張ってもっと料理の腕を上げよう。晃雅さんがバランス栄養食を買わないでいいような食生活にするんだ。

「食器を揃えるか」

「買いものに行く？」

わくわくしてきたのは仕方ないと思うんだ。昨日の今日だから、二人で外へ出たら騒がれてしまうかもしれないけど。

「大丈夫かな」

「慣れることも必要だろ。問題は歩けるかってことだな」

「だからそこまでヤワじゃないですって」

確かに腰は抜けたけども。昨夜は一人でバスルームまで行けなくて、晃雅さんに連れて行ってもらったけども！

今日はもう大丈夫だ。でも走れって言われたら無理かもしれない。

「見せつけてやるか」

楽しそうな晃雅さんと連れだって、食器と夕食の買い出しに出ることにした。

仲よく買いもの、なんていう記事が院内を賑わすのは、いまから数時間後の話——。

箱庭の恋人たち

津路晃雅《つじこうが》という男は、実にイヤミな男だった。

本人が皮肉やイヤミを口にするというわけではない。彼のスペックがいちいちイヤミ……ということだ。出来すぎていると言ってもいい。

安佐間《あさま》より十センチは高いだろう身長、若干二十歳にもかかわらずとてもそうは見えない堂々とした立ち居振る舞い。そして優秀さ。

「顔はな、別にどうでもいいんだよ。タイプは違うが、俺だって負けてねぇからな」

しれっと言ってのける安佐間に対し、話に付き合わされている武藤《むとう》は苦笑しつつも頷《うなず》いていた。うぬ惚れでもなんでもなく、それが事実であることを知っているからだ。

事実、こうして見まわりをしていると、道行く人の視線は安佐間に集まってくる。彼が有名人であるということもあるが、それだけでない視線であることは間違いなかった。

単に見とれている者、手を出せない高嶺《たかね》の花に羨望《せんぼう》のまなざしを向ける者、欲望にまみれた目で見る者、さまざまだ。もちろんガードの委員長として憎々しげに見る者もいる。

「確かにタイプは違うなぁ」

武藤は安佐間よりも二つ下だが、ずいぶんと前から対等な関係を築いている。言葉遣いもそうだ。二人の実年齢を知らない者が見たら、同じ年だと信じて疑わないだろう。

「問題はあれだ。憎たらしいほど高い身長とか、しっかりした骨格なんだよ。あればっかはどうしようもねぇ」

「まぁ……そうだねぇ」

「性格が無駄にまともなのもイヤミだよな」

「そ、そうか？　いや、まともというか真面目？　うちの海琴《みこと》くんを任せたんだから、まともなのはむしろいいことだろうよ」

「普通、あれだけのスペックなら性格破綻《はたん》してるだろ」

「いやいや」

「組合のクズ野郎を見ろよ。性格以外は津路と同等スペックなのに、その性格がおかしいだろ」

武藤は乾いた笑いをこぼし、小さく溜め息をついた。

北里《きたざと》の性格が破綻しているかどうかはともかく、容姿や能力において優れているのは確かだ。二人が似たような背格好であることも。安佐間はそこが気に入らないのだ。

「北里議長はともかく、津路代表は好人物だと思うよ」

「だからイヤミだっつってんだよ。浮いた噂《うわさ》一つねぇから不能か童貞かって期待してたら、違うみたいだしな」

「委員長、根掘り葉掘り聞くのはもうやめてあげようよ。かわいそうだから」

先日のことだ。半休明けで午後から気だるげに現れた海琴に向かい、安佐間はセクハラにしかならない質問をいくつも飛ばした。それは初夜の翌日とは比べものにならないくらい、きわどく具体的な質問だった。

曰《いわ》く、昨夜何回やったのか、一晩にどのくらいするのか、週に何回くらいするのか、ちゃんといけるのか、愛撫はおざなりじゃないか、コンドームはしてるのか……などだ。一応安佐間なりに心配してのことだが、聞かれた海琴はたまったものではなく、居合わせたガーダーたちが気の毒になって止めたのだった。

聞き取り調査の結果、津路は本人が言っていたように特殊な嗜好《しこう》はないようだった。ただし多少、性欲が旺盛《おうせい》なようだ。これは二十歳という彼の実年齢を考えれば無理もないことなので、安佐間は大きな溜め息をつきつつも納得した。

「普通に上手いとか、ないわー」

「ええっ？」

「どの程度かは知らねぇが、海琴が気持ちいいって言ってんだから十分だしな。しかも複数回やるのが基本って、さすがやりたい盛り。とてもそうは見えねぇけどさ」

「言わせるあんたが怖いんだけど。セクハラに加えてパワハラだよ？」

「ただの猥談《わいだん》だろうが。男同士、シモの話くらいすんだろ」

「相手を考えてあげて、って言ってんの。海琴くんだぞ。確かに男同士だけどさぁ……真っ赤になって涙目になってたのを見たら、もうかわいそうでかわいそうで」

武藤は目元をぬぐう真似をし、安佐間は鼻で笑った。逃げられないように捕まえて根掘り葉掘り聞いた結果、海琴はときどき気持ちよすぎて飛んでしまうこともあるらしい。しかも津路はアフターケアもばっちりで、意識のないあいだに風呂に入れたり服を着せたりもするという。

てっきり無口で無骨なタイプだと思っていたら、実際は言葉も惜しまず、恋人への手間ひまも惜しまない。嫉妬はするし独占欲もあるようだが、恋人を雁字搦《がんじがら》めにするわけでもないようだ。

「二十歳で出来過ぎだっての」

「まぁね」

二十一歳の武藤はとりあえず頷いておいた。そう言っている安佐間だって、大して年は変わらないのだが、言うだけ無駄だと彼は心得ている。

「えっちうまくてマメなんて、イヤミだな」

「それってイヤミなのか」

「二十歳なんてのはさ、自分が出すことばっか考えたって不思議じゃねぇだろ。やって、出したら、はい終わり、みたいな」

それは自分の体験か……と喉《のど》まで出かかった武藤だったが、命が惜しいのか質問は好奇心と一緒に奥深くしまい込んだ。

代わりに苦笑まじりに安佐間を宥《なだ》める。

「素直に認めようよ。つまり非の打ち所がない人物ってことだろ？」

「やっぱ海琴を追及して、弱みを握んねぇと」

「委員長……まさか海琴くんにセクハラ質問してたのは代表の弱みを探すためだったのか？」

信じられないものを見るような目に、安佐間はチッと舌打ちした。ずいぶんと信用がないものだ。しかし嬉々《きき》として聞いていた自覚はあるので、仕方ないと思うことにした。

「心配だったのが一番、興味本位が二番、で……まぁついでにネタが見つかったらいいな、ってのもなかったわけじゃない」

「委員長だって十分ゲスだよ。北里議長のことは言えないな」

「あのカスと一緒にすんな。くっそ……津路の野郎、唯一の欠点も消えちまったしな……」

「ああ……最近、ちょっと丸くなったって評判だよな」

以前の津路と言えば、ワンマンで有名だった。他人を信用せず、執行部で立場上近いと言われていた根岸《ねぎし》にさえ気を許してはいなかった。またその優秀さゆえに、自分一人でやったほうが早くて確実、と言わんばかりに、仕事を最低限しか割り振らなかったらしい。そして自分に厳しく、他人にも厳しかった。私情を挟まない代わりに、必要がないと思えば容赦《ようしゃ》なく切り捨てていた。

それがいい方向に変わったというのが、最近よく聞く声だった。

「相談されたって、根岸が喜んでたよ」

「ムカツクわー」

「え？」

「ワンマンすぎて人望はイマイチってのが、やつの欠点だったのに」

「院のトップが人望あるっていいことなんだから。いままでは、どっちかっていうと畏怖《いふ》だったわけだし……あ、噂をすれば、だ」

武藤が示した方向に目をやると、話題にしていた二人が仲よく連れ立って歩いて行くところだった。買いものではなく、外食でもするようだ。往来にいる院生たちが、二人に気付いて注視しているが、本人たちは気にするそぶりも見せずになにか楽しそうに話している。

手こそ繋《つな》いでいないが、雰囲気としてはそんな感じだ。誰が見てもあれはカップルだろう。

「外であれやったら、えらいことになるな」

「遠目には普通のカップルに見えるかもしれないよ。身長差あるし」

似合いのカップルだ。ビジュアルとしてもだが、彼らの相性もまた抜群なのだ。

「海琴くんって、猛獣使いなんだな」

「かもな。猛獣っつーか、あれは孤高の一匹狼だったけどな」

武藤の言う「猛獣」に自分が含まれていることなどつゆ知らず、安佐間は納得したように頷いた。

「それにしても順応性高いね、彼」

「海琴か？」

「あんなに人目を気にしてたのに」

むしろいまは周囲が目に入っていない、という印象だ。いわゆる「二人だけの世界」というやつが形成されている。

「海琴じゃなかったら、追いかけていって背中に蹴り入れるレベルだな。あれだよ、隣にいる彼氏に夢中で、それ以外に気がまわってねぇんだな」

「ああ……なるほど」

誰が見てもわかるほど海琴は津路に夢中だ。全身で好きだと言っている。人前でベタベタしないのは感心だが、視線と雰囲気だけで食傷気味にさせるところは凄いと思った。

「あーあー、蕩けそうな顔しちゃってまぁ」

「可愛くなったよな。いやもともとだけど、さらに」

「愛されてますオーラが出まくってるからな。色気も出て来たし……見ろよ、あの野郎笑える！　まわり牽制《けんせい》してんぞ！」

安佐間は指を差して声を弾ませ、もう一方の手は腹に当てる。

おかしくてたまらなかった。どんなときでも取り澄ました顔をしていた男が、恋人に向ける邪《よこしま》な目に神経をとがらせ、視線で威嚇《いかく》しているなんて。

「興味本位でちょっかいかけるようなやつは、いないだろうなぁ」

「いるとしたら、あのクズくらいだな」

「あとは津路代表絡みだね。味方は増えたけど、敵は相変わらず多そうだし」

「だろうな。デカいところは潰したが……やっぱあいつを失脚させるとしたら、海琴を利用……って考えそうだ」

ただしその場合、ガードも敵にまわすことを覚悟してもらわねば。あと二年もしないうちに安佐間はここを出て行き、後を任せるのは武藤になる。安佐間のような強烈な印象はないだろうし、人に恐怖を与えるタイプではないが、その分人をまとめて動かすのは上手い。現にいまでも、集めるのは安佐間だが、まとめて動かすのは武藤が中心なのだ。

「俺とゲス野郎が同時期にいなくなったら、多少荒れそうだよな」

「向こうも優秀なやつがいるから、なんとかするよ」

「おう」

言うほど心配していない安佐間は薄く笑って、ふと背後を振り返った。なんとなく、人の気配がしたからだった。

振り向いた瞬間、思わず舌打ちが出る。目つきも悪くなったことは自覚していた。

「今日も美人だね、薫《かおる》ちゃん。ひまだったらデートしない？　津路くんたちみたいに」

「するかボケ。なんの用だ」

「用がなきゃ話しかけちゃダメなわけ？」

「ダメに決まってんだろ」

わざわざ立ち話をする気もなく、安佐間は武藤を促《うなが》してパトロールに戻った。さっきまで海琴と津路を見てパトロールを中断していたことはこの際なかったことにする。

用がないはずの北里は、ぴったりと安佐間たちの後ろをついて歩き、聞きもしないのに新たな噂話を口にした。

「津路くんが海琴ちゃんを執行部に引き抜こうとして動いてるって話、マジなんだって?」

「さぁな」

くっつく前と直後は相当騒がれたものだが、本人たちが認めた上で人目を憚《はばか》らなくなったことで、記事としての価値がなくなったのか、例のグループもしつこく付きまとったりはしなくなったし、彼らの動向が配信されることもなくなった。やれやれと思ったら、今度は新たな噂だ。直《ただ》ちに当事者二人を別々に問い詰めたがそんな事実はなかった。ただし津路のほうは、出来れば来て欲しいとは思っているようだが。

「違うんだ? 津路くん、海琴ちゃんを手元に置きたいんじゃないの?」

「同棲してるようなもんだし、仕事場まで一緒の必要はねぇだろ。飽きるわ」

「それは薫ちゃんの考えでしょうが。好きな相手とは、いつでも一緒にいたいものじゃない?」

「知るか。それより、おかしな動きはねぇだろうな」

「いまのところないねぇ」

情報網は院内のあらゆるところにあるが、この男の耳も侮《あなど》れないのだ。ドラッグによるトラブルは鎮静化したが、相変わらず夜の町では酔っ払いが騒ぎを起こし、住居あたりでは隣人トラブルが起こり、貸した金を返してもらえないとか詐欺《さぎ》だとかいって泣きついてくる者がいる。

「ああ……そういえば、最近の流行《はやり》というか……院生たちに変化があるね」

「変化?」

「あの二人に当てられたのか、カップルが続々誕生してる」

「はぁ……？」

なんだそりゃ、と呟《つぶや》いて、安佐間は武藤と顔を見あわせた。問題ではないので報告には挙がってきていないことだが、そういえば誰かが——確か翔太《しょうた》あたりが「最近いちゃついてるやつが多くてげんなりする」と言っていた。

「いいことだよね」

「どこがだ」

「デートやプレゼントで、商業部門が潤《うるお》うだろ。津路くんサマサマ、だな」

北里が手をあわせながら見つめる先で、津路たちが店に入っていった。自分たちがそんな影響を与えているなんて知らず、彼らは今日も——そして明日もあさっても、二人の世界を作り上げていくのだろう。

安佐間は嘆息《たんそく》し、肩越しにひらひらと手を振ってパトロールに戻っていった。

あとがき

こんにちは、または初めまして。

ちょっと特殊な学校ものです。書き終えてから思いました。町作りシミュレーションというよりお仕事体験アトラクションかもしれない、と。あのほら、キッザ○アみたいな。いや、ちょっと違うか。むしろあれか、ただの大規模な全寮制男子校（ただし学生の半数以上が成人してる）なのか。

そもそもですね、最近はやっていないんですが一時期某サンドボックス型の物作りゲームにはまっていまして、それのために生まれて初めてデスクトップパソコン（それもグラフィックボードとか冷却ファンとか細かくパーツを指定してくんでもらう、いわゆるBTOというやつ）を購入したりしてたんですね。数年前ですけども。それで一人コツコツと冒険したり採掘したり建築したり村を発展させたり、ときどきマルチプレイに参加して弾けてみたりしているうちに、「箱庭……いいね、箱庭！」となったわけです。が、ずっと眠っていた設定でした。

そのゲームの世界と今回の設定はあまりにも遠いんですけども、そこはいろんなプロセスを経て……です。箱庭でなにかしよう、というところからのスタートでした。

そんなわけでタイトルは最初から「箱庭」を入れると決めてまして、あれこれ考えて、いくつか出した中から編集さんに選んでいただきました。ポップ&キュートに攻めてみたタイトルですが、ピッタリだったんではないでしょうか。

ところで今回のキャラのなかで、安佐間《あさま》のみモデルとなる人(二次元じゃないよ)がいたわけですが、書いてみたら全然違って「あれぇ?」という気持ちに……。でも安佐間を書いてるのは楽しかったです。

そして高峰顕《たかみねあきら》先生、ありがとうございました。男の色気あふれる津路《つじ》と、くるくると表情が変わりそうな可愛い海琴《みこと》にニマニマしています。安佐間も美しくて嬉しい……! あやしい美形・北里《きたざと》も。

次回はまた別の話になりますが、皆様よろしくお願いします。ここまで読んでくださってありがとうございました。

きたざわ尋子《じんこ》

LYNX ROMANCE

臆《おく》病《びょう》なジュエル

きたざわ尋子

illust. 陵クミコ

本体価格
855円＋税

地味だが整った容姿の湊都は、浮気性の恋人と付き合い続けたことですっかり自分に自信を無くしてしまっていた。そんなある日、勤務先の会社の倒産をきっかけに高校時代の先輩・達祐のもとを訪れることになる湊都。面倒見の良い達祐を慕っていた湊都は、久しぶりの再会を喜ぶがその矢先、達祐から突然の告白を受ける。強引な達祐に戸惑いながらも、一緒に過ごすことで湊都は次第に自分が変わっていくのを感じ…。

LYNX ROMANCE

追《つい》憶《おく》の雨《あめ》

きたざわ尋子

illust. 高宮東

本体価格
855円＋税

美しい容姿のレインは、長い寿命と不老の身体を持つバル・ナシュとして覚醒してから、同族の集まる島で静かに暮らしていた。そんなある日、レインのもとに新しく同族となる人物・エルナンの情報が届く。彼は、かつてレインが大切にしていた少年だった。逞しく成長したエルナンは離れていた分の想いをぶつけるようにレインを求めてきたが、レインは快楽に溺れる自分の性質を恐れ、その想いを受け入れられずにいて…。

LYNX ROMANCE

秘《ひ》匿《とく》の花《はな》

きたざわ尋子

illust. 高宮東

本体価格
855円＋税

死期が近いと感じていた英里の元に、ある日、優美な外国人男性が現れ、君を迎えに来たと言う。カイルと名乗るその男は、英里に今の身体が寿命を迎えた後、姿形はそのままに、老化も病気もない別の生命体になるのだと告げた。その後、無事に変化を遂げた英里は自分をずっと見守ってきたというカイルから求愛される。戸惑う英里に、彼は何年でも待つと口説く。さらに英里は同族から次々とアプローチされてしまい…。

LYNX ROMANCE

恋《こい》もよう、愛《あい》もよう。

きたざわ尋子

illust. 角田緑

本体価格
855円＋税

カフェで働く紗也は、同僚の洸太郎から兄の逸樹が新たに立ち上げるカフェの店長をしてくれないかと持ちかけられる。逸樹は憧れの人気絵本作家であり、その彼がオーナーでギャラリーも兼ねているカフェだと聞き、紗也は二つ返事で引き受けた。しかし実際に会った逸樹は、数多くのセフレを持ち、自堕落な性生活を送る残念なイケメンだった。その上逸樹は紗也にもセクハラまがいの行為をしてくるが、何故か逸樹に惚れてしまい…。

LYNX ROMANCE

硝子《ガラス》細工《ざいく》の爪《つめ》

きたざわ尋子

illust. 雨澄ノカ

本体価格
870円＋税

旧家の一族である宏海は、自分の持つ不思議な『力』が人を傷つけることを知って以来、いつしか心を閉ざして過ごしてきた。だがそんなある日、宏海の前に本家の次男・隆衛が現れる。誰もが自分を避けるなか、力を怖がらず接してくる隆衛を不思議に思いながらも、少しずつ心を開いていく宏海。人の温もりに慣れない宏海は、甘やかしてくれる隆衛に戸惑いを覚えつつも惹かれていき…。

LYNX ROMANCE

掠《りゃく》奪《だつ》のメソッド

きたざわ尋子

illust. 高峰顕

本体価格
855円＋税

過去のトラウマから、既婚者とは恋愛はしないと決めていた水鳥。しかし紆余曲折を経て、既婚者だった会社社長・柘植と付き合うことに。偽装結婚だった妻と別れた柘植の元で秘書として働きながら、充実した生活を送っていた水鳥だったが、ある日「柘植と別れろ」という脅迫状が届く。水鳥は柘植に相談するが、愛されることによって無自覚に滲み出すフェロモンにあてられた男達の中から、誰が犯人なのか絞りきれず…。

LYNX ROMANCE

掠《りゃく》奪《だつ》のルール

きたざわ尋子

illust. 高峰顕

本体価格
855円＋税

既婚者とは恋愛はしない主義の水鳥は、浮気性の元恋人に犯されそうになり、家を飛び出し、バーで良く会う友人に助けを求める。友人に、とある店に連れていかれた水鳥は、そこで取引先の社長・柘植と会う。謎めいた雰囲気を持つ柘植の世話になることになった水鳥だったが、柘植からアプローチされるうち、徐々に彼に惹かれていく。しかし水鳥は既婚者である柘植とは付き合えないと思い…。

LYNX ROMANCE

純《じゅん》愛《あい》のルール

きたざわ尋子

illust. 高峰顕

本体価格
855円＋税

仕事に対する意欲をなくしてしまった、人気小説家の嘉津村は、カフェの隣の席で眠っていた大学生の青年に一目惚れしたのをきっかけに、久しぶりに作品の閃きを得る。後日、嘉津村は仕事相手の柘植が個人的に経営し、選ばれた人物だけが入店できる店で、偶然にもその青年・志緒と再会した。喜びも束の間、志緒は柘植に囲われているという噂を聞かされる。それでも、嘉津村は頻繁に店に通い、彼に告白するが…。

LYNX ROMANCE
ささやかな甘傷《かんしょう》
きたざわ尋子　illust. 毬田ユズ

898円
（本体価格855円）

アミューズメント会社・エスライクに勤める澤村は、不注意から青年に車をぶつけてしまう。幸いにも捻挫程度の怪我ですんだが、「家に置いてくれたら事故のことを黙っていてやる、追い出したら淫行で訴える」と青年は澤村を脅してきた。仕方がなく澤村は、真治と名乗る青年と同居生活を送ることになった。二人での生活にもようやく慣れ、彼からの好意も感じられるようになった頃、真治が誰かに追われるように帰宅してきて…。

LYNX ROMANCE
憂《ゆう》惑《わく》をひとかけら
きたざわ尋子　illust. 毬田ユズ

898円
（本体価格855円）

入院した父の代わりに、喫茶店・カリーノを切り盛りしている大学生の智暁。再開発によって立ち退きを迫られ、嫌がらせもエスカレートしてきていた矢先、突然7年ぶりに血の繋がらない弟の竜司が帰ってきた。驚くほど背が高くなり、大人の男の色気を纏って帰ってきた竜司に、智暁は戸惑いを隠せなかった。さらに竜司から「智暁が好きで、このままでは犯してしまうと思って家を出た」と告白をされ、抱きしめられてしまい…。

LYNX ROMANCE
そこからは熱情《ねつじょう》
きたざわ尋子　illust. 佐々成美

898円
（本体価格855円）

絵本作家をしながらCADオペレーターの仕事もこなす澄川創哉は、従兄で工学部研究員の、根津貴成と同居している。根津は、勝手気ままな振る舞いで、同居の初日に創哉を抱き、以来ずるずると9年の間、身体だけの関係が続いていた。しかし、根津に恋心を抱く創哉は、この不毛な関係を断ち切ろうと家を出る決心をするが、それを知った根津に強引に引き留められ…。

LYNX ROMANCE
同《おな》じ声《こえ》を待《ま》っている
きたざわ尋子　illust. 佐々成美

898円
（本体価格855円）

博物館学芸員を目指す木島和沙は、兄の親友でベンチャー企業の副社長である谷原柾樹と付き合っていた。しかし、ある事件により谷原に裏切られたことを知った和沙は谷原に別れを切り出すが、執拗な説得の前に「三年の間考える」という約束をしてしまう。それから離れて暮らしていた二人だったが、谷原の策略により、和沙は彼の下でバイトをすることになる。和沙の胸の奥には、まだ揺れ動く熱い想いが眠っていて…。

LYNX ROMANCE

瞬《まばた》きとキスと鎖《くさり》

きたざわ尋子

illust. 緒田涼歌

898円
（本体価格855円）

旅行先で暴行されそうになり、逃げ出した佑也は、憧れていた元レーサーの滝川に助けられた。彼が滞在予定のホテルに泊めてもらった夜、礼にと身体を差し出すが、そのいたいけな姿に違和感を覚えた滝川に拒絶される。複雑な家の事情から、代償を求められることに慣れてしまっていた佑也。頑なになっていた心を包みこむような滝川の優しさに、戸惑いながらも想いをゆだねていく。しかし、何者かが佑也をつけ狙い始め……。

LYNX ROMANCE

くちづけと嘘《うそ》と恋心《こいごころ》

きたざわ尋子

illust. 緒田涼歌

898円
（本体価格855円）

旅先で憧れの元レーサー・滝川と出会い、恋人となった佑也。だが宿泊していたリゾートホテルから帰り日常に戻ると、滝川との関係が不確かなものに思えてしまう。そんな気持ちに追い打ちをかけるかのように、体の関係を強要してくる義兄から連絡が入り、不安が募る。けれど落ち込む佑也を滝川は、甘い腕の中で不安を溶かしてくれた。その上、夢だった彼のチームで働くチャンスをもらい、佑也は新たな生活を始めるが……。

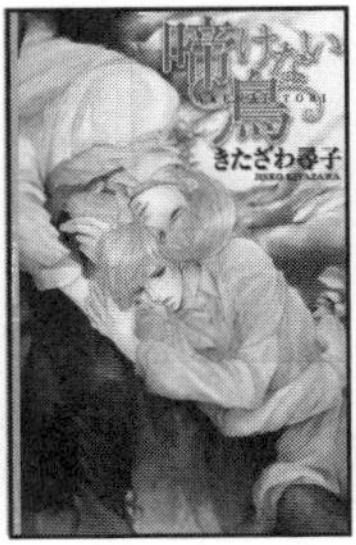

LYNX ROMANCE

啼《な》けない鳥《とり》

きたざわ尋子

illust. 陸裕千景子

898円
（本体価格855円）

身寄りがなく、天才が集まる組織で育てられた冬稀は、創薬研究所に勤める賀野に望まれ、入所することになる。自らに価値を見いだせずにいた冬稀は、熱意溢れる彼の言葉によって、心に奇妙な高揚感を植えつけられた。冬稀は賀野のために研究に没頭するが、仕事よりも冬稀の体を気遣う賀野の優しさにいつしか惹かれていく。しかし、自分が関わる研究でスタッフが事故死したことにショックを受け、研究が続けられなくなり……。

LYNX ROMANCE

鳥《とり》は象《ぞう》牙《げ》の塔《とう》にいる

きたざわ尋子

illust. 陸裕千景子

898円
（本体価格855円）

研究所で暮らしていた加室充紘は、天才的な頭脳を請われ、長和製薬に入社する。そこで、亡くなった兄に似た世話係の久保寺と対面し衝撃を受ける。だが、優しかった兄とは違う不躾な物言いに、充紘は最悪な印象しか感じなかった。しかし、充紘は極秘の研究をしているため、反発しつつも彼に頼るしかない。共に食事をしている時、充紘はふとしたことから久保寺の気遣いに触れる。乱暴な性格からは伺えない優しさに充紘は……。

LYNX ROMANCE

手《て》のひらの鳥《とり》かご

きたざわ尋子

illust. 陸裕千景子

本体価格
855円＋税

創薬研究所に勤めている冬稀は、上司である賀野と恋人同士として付き合っている。ぎこちないながらも賀野と生活する冬稀は、一時遠ざかっていた仕事に復帰することになった。その矢先、冬稀の身辺を調べている男がいると、報告が上がる。心配した賀野が冬稀の周辺の警備を強化した時、瀬沼という弁護士から冬稀に面会の申し出があった。ある会社から依頼されてきた瀬沼から冬稀は、驚くべき出生の秘密を伝えられ…!!

LYNX ROMANCE

空《そら》を抱《いだ》く鳥《とり》

きたざわ尋子

illust. 陸裕千景子

本体価格
855円＋税

長和製薬の創薬研究所に勤める充紘。恋人の久保寺の腕に抱かれて日々幸せを感じつつも、長和製薬が業界一位になったことを受けて激化する抗議団体の活動が気がかりだった。久保寺が不穏な周囲を警戒する中、隙を突かれた充紘は何者かに拉致されてしまう。殺人兵器を作るよう脅迫されるが、充紘は久保寺の助けを信じ、抵抗を諦めなかった。そして久保寺も、充紘を取り戻すためにある決断を下す――！　シリーズ最終巻!!

LYNX ROMANCE

言葉《ことば》なんていらない

きたざわ尋子

illust. 笹生コーイチ

本体価格
855円＋税

大学生の風見圭祐は、美人で頭はいいが、少し変わり者の同級生の佐原志束と友人として付き合っていた。風見としては、不思議な行動を繰り返す志束に関わりたくはなかったが、一人でいると食事もしない志束をほうっておけず、行動を共にすることになったのだ。しかし、樹木医を目指す志束の時折見せるかわいらしさに友情とは違う感情が芽生えてしまう。ある時、風見は志束に告白をするが、事態は思いもかけない方向に……。

LYNX ROMANCE

息《いき》もできないくらい

きたざわ尋子

illust. 笹生コーイチ

本体価格
855円＋税

大学生の拓未は、年上の従兄弟で弁護士の浩二郎を嫌っていた。なぜなら、双子の弟・志束に下心を持っているうえに、自分には不遜な態度を取るからだ。そんなある日、浩二郎が寝ている志束にキスをしようとするところを目撃してしまう。さらに、浩二郎は、弟を口説くためにバイトを頼むと宣言する。弟を守りたい拓未は、代わりにそのバイトを引き受けるのだが、浩二郎に恋心を抱いていることに気づいてしまい……。

LYNX ROMANCE

強《つよ》がりでも本《ほん》気《き》でも

きたざわ尋子

illust. 高宮東

本体価格
855円+税

中沢祐秋はカフェで財布を忘れて困っているところを華やかで知的な大人の雰囲気をもつ安佐見に助けられる。美容院を経営している安佐見にお金を返そうとした祐秋だったが、彼から食事に誘われ共に過ごすうちに、いつしか強引で優しい安佐見に惹かれていった。しかし祐秋は信じていた人に一方的に振られ、辛い失恋を経験していた。その傷を引きずったまま安佐見と溺れるような関係を続けていくが…。

LYNX ROMANCE

週《しゅう》末《まつ》の部屋《へや》で

きたざわ尋子

illust. Lee

本体価格
855円+税

一途な性格で綺麗な容姿の安達久貴は、祖父の会社の秘書だった竹中に恋をし続けている。中学生の時に告白してふられていたが、彼への想いを断ち切れなかった。大学生になったある日、久貴は再び告白しようと竹中の元を訪れた。しかし、彼から想い人がいると告げられ、久貴は激しいショックを受ける。叶わない想いと知りながらも久貴は、竹中の傍にいられたらと、身体だけの付き合いを申し出るが……。

LYNX ROMANCE

真《ま》夜《よ》中《なか》の部屋《へや》で

きたざわ尋子

illust. Lee

本体価格
855円+税

かつては祖父の秘書で、ずっと好きだった竹中と恋人同士となった久貴。週末ごとに竹中と幸せな時間を過ごしていたが、久貴は一抹の不安を抱えていた。竹中に対する想いは日々強くなっていくのに、彼は以前と変わらない冷めた態度で、久貴に接するのだ。彼との想いの温度差に悩むある日、友人の翔太郎から、「恋愛は駆け引きだ」と助言される。竹中の本心を知るため久貴は、竹中と距離をおこうとするが……。シリーズ第2弾!!

LYNX ROMANCE

部屋《へや》の明《あ》かりを消《け》して

きたざわ尋子

illust. Lee

本体価格
855円+税

長年片想いし続けていた年上の竹中と、ようやく恋人同士になれた久貴。充実した毎日を送っていたある日、久貴の元に従兄弟の俊弥が家出してきて、預かることに。しかし、男同士の恋愛を嫌悪する俊弥の手前、竹中を恋人として紹介できなかった。俊弥から自分たちの仲を必死に隠そうとする久貴だが、竹中は意に介さず、普段と同じように迫ってきて……。『週末の部屋で』シリーズ第3弾!!

LYNX ROMANCE

部屋《へや》は夜明《よあ》けに眠《ねむ》る

きたざわ尋子 illust. Lee

本体価格
855円+税

安達久貴は建築のデザイナーとして、竹中の恋人としても、幸福な生活を送っている。しかし、以前出会った三田村のリフォーム依頼を受けたことから、強引なアプローチをされることになった。恋人がいるのを知りながら誘ってくる三田村に、困惑する久貴だったが、竹中の言葉に絆は揺るがないと信じていた。しかし、仕事のため別荘に行った久貴は、竹中の目の前で三田村に、突然キスをされ動揺してしまい…。シリーズ最終巻!!

LYNX ROMANCE

あの恋《こい》のつづき

きたざわ尋子 illust. 笹生コーイチ

本体価格
855円+税

高校生の森岡智の元に突然、二十億円もの遺産相続の話が舞い込む。あまりにも突拍子のない話を辞退するために訪れた部屋で、智は初恋の相手である杉浦鷹輝に再会する。幼き日の想いがよみがえり、胸を高鳴らせる智。しかし鷹輝は智を覚えておらず、逆に冷たくあしらわれてしまう。それでも智は鷹輝をひたむきに慕い続ける。そんなある日、鷹輝の部屋を訪れた智は、思い詰めた表情の鷹輝にむりやり身体を奪われ——!?

LYNX ROMANCE

恋《こい》に濡《ぬ》れて

きたざわ尋子 illust. 北畠あけ乃

本体価格
855円+税

高校生の古賀千紘は幼い時に両親を亡くして以来、周囲への素っ気ない態度のせいで孤立した生活を送っている。そんな千紘にも大切な思い出があった。幼い頃にたったひと夏、兄のように慕った仁藤諒一と一緒に暮らした日々。休みを利用して、別荘地に向かった千紘は、偶然諒一と再会する。昔と変わらない諒一の包み込むような優しさに、千紘の鬱屈とした心は癒されていく。だが諒一が、千紘に突然告白してきて——!?

LYNX ROMANCE

夜《よる》に溺《おぼ》れて

きたざわ尋子 illust. 北畠あけ乃

本体価格
855円+税

大学生の古賀千紘は、過去につらい別れ方をした仁藤諒一にやり直させてほしいと請われ、再び彼と恋人同士になった。諒一を信じたいと思いながらも、臆病な千紘は諒一に対する警戒心を拭いきれない。以前と違い、優しく接してくる諒一にも戸惑い、千紘は諒一とぎこちない生活をおくっていた。そんな中、諒一から『籍を移さないか』と告げられるが、千紘は素直に頷くことができず……。

LYNX ROMANCE

きわどい賭《かけ》

きたざわ尋子

illust. 金ひかる

本体価格
855円＋税

ある日、朝比奈辰征はホテルの地下駐車場で、思いつめた表情の少年、西崎双葉と出会う。異母弟の御原隆一と勘違いされていることに腹を立てながらも、双葉の容貌に惹かれた朝比奈は、ちょっとした悪戯心を起こし彼をからかう。涙ぐみながらも快感にうたれる双葉…。そんな姿を見て朝比奈は、別人であることを告げる。動揺しつつも隆一を捜すことをあきらめられない双葉は、朝比奈に隆一を捜し出してくれるよう頼むが…。

LYNX ROMANCE

あやうい嘘《うそ》

きたざわ尋子

illust. 金ひかる

本体価格
855円＋税

朝比奈が所有しているマンションに住むことになった双葉。強引な朝比奈にからかわれながらも、双葉は恋人として半同棲生活をおくっていた。そんな中、同じ大学の先輩である坂上が現れる。謎につつまれた朝比奈の職業を知りたがる坂上に双葉はしつこくつきまとわれ、バイト先にまで押しかけられてしまう。それを聞いた朝比奈は、双葉を守ろうとある行動にでるが…。待望の書き下ろしは、布施と穂村の謎めいた関係があかされる。

LYNX ROMANCE

つたない欲《よく》

きたざわ尋子

illust. 金ひかる

本体価格
855円＋税

厄介な性格の朝比奈を恋人にしてしまった双葉は、遊ばれながらも平穏な日々をおくっていた。しかしそんな生活の中でも、双葉の心には、朝比奈の特殊で危険な仕事に対しての不安があった。朝比奈の身を案じながら、互いの生き方の違いに思い悩む双葉。そんなある日、双葉のバイト先で常連客の成沢が体調を崩し、双葉が家までおくりとどけることになった。成沢に顔も知らない父親の面影をかさねていた双葉は…。

LYNX ROMANCE

いとしい罠《わな》

きたざわ尋子

illust. 金ひかる

本体価格
855円＋税

大学生の西崎双葉の恋人は、危険で特殊な職業に就く朝比奈辰征。知的だが、得体の知れない雰囲気の朝比奈に愛されながらも、振り回される日々を送っていた。そんな中、新しいアルバイト先に突然高嶺綱基が訪ねてくる。戸惑う双葉に高嶺は、真摯なまなざしで自分は双葉の実の父親だと語り始めた。双葉は対立する二人の間で複雑な思いを抱え、その気持ちを朝比奈に打ち明けるが…。

この本を読んでのご意見・ご感想をお寄せ下さい。

〒151-0051
東京都渋谷区千駄ヶ谷4-9-7
(株)幻冬舎コミックス　リンクス編集部
「きたざわ尋子《じんこ》先生」係／「高峰《たかみね》 顕《あきら》先生」係

リンクス ロマンス

箱庭スイートドロップ

2014年9月30日　第1刷発行

著者……………きたざわ尋子《じんこ》
発行人…………伊藤嘉彦
発行元…………株式会社　幻冬舎コミックス
〒151-0051　東京都渋谷区千駄ヶ谷4-9-7
TEL 03-5411-6431（編集）
発売元…………株式会社　幻冬舎
〒151-0051　東京都渋谷区千駄ヶ谷4-9-7
TEL 03-5411-6222（営業）
振替00120-8-767643
印刷・製本所…株式会社　光邦
検印廃止

ISBN978-4-344-83227-5 C0293
Printed in Japan

幻冬舎コミックスホームページ　http://www.gentosha-comics.net